# Murt ann an Diùrainis

# Murt ann an Diùrainis

**Maoilios M Caimbeul**

acair

Thug Urras Brosnachaidh na Gàidhlig taic don fhoillsichear
le cosgaisean sgrìobhaidh agus foillseachaidh na sreath seo.


Air fhoillseachadh ann an Alba ann an 1993 le Acair Earranta,
7 Sràid Sheumais, Steòrnabhagh, Leòdhas

Chuidich Comhairle nan Leabhraichean am foillsichear
le cosgaisean an leabhair seo.

Dèilbhte agus dèanta le Acair Earranta
Clò-bhuailte le Highland Printers, Inbhir Nis

ISBN 0 86152 937 5

# Clàr-innse

# 1. Oidhche aig an Teilidh

"An ainm an nì math: *Gone With the Wind* — an e sin am fear a fhuair thu?"

Bha Dòmhnall Iain dìreach air a' bhidio fhaicinn na laighe air a' bhòrd anns an t-seòmar-suidhe. Anns a' chidsin bha Ailig, a bhràthair, a' dèanamh pìos dha fhèin le sglaibreadh de dh'ìm agus silidh. Bha am pàrantan, Seonaidh agus Peigi NicAoidh, air chèilidh air caraidean dhaibh anns a' Chaol, agus bha iadsan air cuireadh a thoirt do Sheonag agus do Raonaid, na lasaichean aca, a thighinn chun an taigh aca ann an Diùrainis faisg air Baile MacCarra.

"Bha Raonaid ag iarraidh fhaicinn," dh'èigh Ailig gu sunndach bhon chidsin.

Thàinig Dòmhnall Iain a-staigh thuige. "Agus dè tha mise 's Seonag a' dol a dhèanamh? Bidh sinn air ar bòdhradh le seo."

"Còrdaidh e ribh, chì sibh," ars Ailig anns an aon ghuth shunndach.

"Ciamar tha fhios agadsa? Uill, bha còir fios a bhith agad gur e *thriller* as fheàrr leinne."

"Gaoirsgeul," ars Iain, ga bhuaireadh.

"Ma thogras tu, gaoirsgeul. Am feum thu an còmhnaidh a bhith cho ceart?"

Cha robh riamh dà bhràthair ann a bha cho eu-coltach ri chèile. Ma bha Dòmhnall Iain dèidheil air obair na croite, bha Ailig an còmhnaidh a' leughadh. B' e Dòmhnall Iain bu shine — dìreach bliadhna on dh'fhàg e an sgoil. Bhiodh e ris an iomain. Bha e cuideachd na bhall den Phàrtaidh Laborach, mar a bha athair. Bha Ailig 16, bliadhna na b' òige agus fhathast anns an sgoil. Cha robh e cinnteach dè an obair a bha e ag iarraidh a dhèanamh, ach bha e ag amais air a dhol don oilthigh.

Ach ged a bhiodh iad ag argamaid b' ann aotrom a bhiodh i. Bha an dithis aca ro thuigseach airson a bhith dùr, gamhlasach mu na h-atharraichidhean a bh' eatarra.

"*Gone With the Wind,*" bha Dòmhnall Iain fhathast ag ràdh fo anail, "film a tha cho sean ri ceò nam beann. Carson nach d'fhuair thu ...?"

"Aidh, dè? Seall sin, chan eil fhios agad dè tha thu 'g iarraidh."

"Rudeigin le murt agus marbhadh, James Bond no cowboy film no film mun chogadh."

"Còrdaidh seo riut, chì thu. Ist, tha mi cluinntinn guthan. 'S e iadsan a bhios ann."

Chaidh Ailig chun an dorais agus leig e a-staigh Raonaid agus Seonag. B' e Seonag an las aig Dòmhnall Iain, nighean bhòidheach, bheothail le falt goirid donn. Coltach ri Raonaid, bha i fhathast san sgoil agus bha an dithis aca ag iarraidh a dhol gu Sabhal Mòr Ostaig an dèidh foghlam na sgoile a chrìochnachadh. Bha Raonaid agus sùil aice ri obair sna meadhanan agus bha Seonag ag iarraidh a bhith na tè-ghnothaich air a ceann fhèin. Bha Raonaid uabhasach spòrsail na dòigh.

"Seo i, Scarlett O'Hara," thuirt i le gàire agus i a' cur a làmh mu ghualainn Seonaig. Thug i Seonag a-null gu far an robh Dòmhnall Iain agus chuir i a làmh eile air a ghualainn ag ràdh, "Agus seo agaibh Rhett Butler."

Leig Dòmhnall Iain air gu robh e beagan fiadhaich. "Ist, òinsich," agus sguab e a làmh bho a ghualainn.

"Ah, didums, an ann fiadhaich a tha thu a' fàs?" thuirt i le truas na guth.

"Tha fhios agad carson," thuirt e agus e a' cur sùil dhorch an taobh a bha i.

"An e càil a tha ceàrr?" arsa Seonag le iomagain na guth.

Bha Ailig na shuidhe anns an t-sèithear mhòr agus aodann na chraos gàire. Bha an gnothach gu mòr a' còrdadh ris. Mhaoidh Dòmhnall Iain air le dhòrn. "Thusa, a bhalgair," thuirt e ann an guth ma b' fhìor cruaidh.

"Nach innis cuideigin dhomh cò mu dheidhinn a tha an argamaid, mas e argamaid a th' ann?" arsa Seonag gu connspaideach.

"Tha dìreach, a Sheonag," fhreagair Ailig, "nach toigh leis a' bhidio a fhuair sinn."

"An e sin uile a th' ann?" arsa Seonag agus i a' suidhe air an t-sòfa. "Bha dùil a'm gur e rudeigin a bha ceàrr."

Bha sàmhachd ann airson tiotan.

An uair sin thuirt Dòmhnall Iain agus grèim aige air a' bhidio, "An e gun toigh leatsa an sgudal a tha seo cuideachd?"

"Sgudal!" ghlaodh Raonaid, "film cho math 's a chaidh a dhèanamh riamh."

"Chan fhaca mise riamh e, ach bha an dithis sin ag ràdh gu robh e math."

"Am faca tu fhèin riamh e?" dh'fhaighnich Seonag.

"Chan fhaca." Bha Dòmhnall Iain a-nis aig an reacordair agus a' bruthadh a' bhidio a-staigh ann. Rinn an fheadhainn eile gàire.

Bhiodh argamaidean eatarra tric mu dè am film a b' fheàrr, ach mar bu trice aig deireadh na h-oidhche bhiodh iad uile toilichte gu leòr.

Thug Raonaid canaichean còc agus slisneagan buntàta à baga plastaig a bh'aice. Laigh iad air ais anns na cathraichean cofhartail agus air an t-sòfa agus bha iad deiseil airson oidhche shuilbhir. Thàinig gnogadh chun an dorais.

"Freagair thusa e, Ailig, 's tu as òige," thuirt Dòmhnall Iain gu h-aotrom.

"OK, Dadaidh!" Chaidh Ailig chun an dorais.

Bha Seoras Mòr, an sàirdseant, agus Ailig Dan, am poileasman, air leac an dorais, nan seasamh anns an uisge agus boinnean a' sruthadh bho na h-adan aca. Ghabh Ailig iongnadh mòr.

"An e càil tha ceàrr?" dh'fheòraich e agus eagal air gur e rudeigin a thachair dha phàrantan.

"Bheil d' athair no do mhàthair a-staigh?" dh'fheòraich an sàirdseant.

Dh'innis e dhaibh gu robh iad a' cèilidh air caraidean dhaibh anns a' Chaol. Chuala Dòmhnall Iain na guthan agus thàinig e chun an dorais còmhla ri a bhràthair.

"Cha chuala sibh fuaim neònach sam bith, urchraichean?" dh'fhaighnich an sàirdseant.

Choimhead na bràithrean ri chèile. Chrath iad an cinn. "Cha chuala," fhreagair iad mar aon.

"Ma chluinneas sibh dad sam bith fònaibh thugainn," thuirt an sàirdseant agus e a' coimhead orra gu dùrachdach. 'S e duine dùrachdach a bha ann.

"Dh'fhòn nàbaidh dhuibh ag ràdh gun cuala i urchraichean. Dh'fhaodadh gur e poidsear a bh' ann, ach fònaibh ma chluinneas sibh dad."

Gheall iad gum fònadh iad agus dh'fhalbh an dithis phoileas.

Urchraichean! Chrath iad an cinn agus chaidh iad air ais chun a' bhidio.

# 2. An Sìonach Leònte

Bha dachaigh an teaghlaich MhicAoidh ann an Diùrainis, baile beag brèagha a tha na laighe ann an achlais a' mhonaidh mu thrì mìle tuath air Caol Loch Aillse. 'S e àite aonaranach a tha ann ged nach eil e fada bho bhailtean eile — am Ploc chun an ear-thuath agus Baile MacCarra, a tha ceithir mìle chun an ear-dheas air an rathad a tha a' dol gu Inbhir Nis. Anns a' gheamhradh cha bhi mòran a' tachairt ach as t-samhradh bidh na rathaidean nas trainge le càraichean an luchd-turais agus iad a' gabhail beachd air an dùthaich bhòidheach agus na bailtean beaga annasach a tha dhen rathad mhòr.

Coltach ri iomadh baile eile air a' Ghaidhealtachd, 's e baile sèimh, sàmhach a tha ann agus 's ann fìor chorra uair a bhios eucoir a' gabhail àite. 'S mòr, ma-tha, an t-iongnadh a bha air na h-òganaich nuair a nochd dithis phoileas aig an doras aca air feasgar fliuch ann am meadhan an Iuchair.

"Cò bha siud?" dh'fheòraich Seonag nuair a thàinig na bràithrean air ais bhon doras.

"Am poileas," arsa Dòmhnall Iain.

"Am poileas," ghlaodh Raonaid, "'s ann a' spòrs a tha thu."

"Chan ann," arsa Ailig, "'s e an fhìrinn a th' aige, air m' onair."

Dh'innis Dòmhnall Iain dhaibh an rud a thuirt am poileas, gu robh cuideigin a' losgadh gunna, ach ma dh'innis 's ann bu mhotha a bha na nigheanan a' smaoineachadh gur ann a' spòrs a bha iad.

"Seall a-mach air an uinneig 's chì thu iad," thuirt Dòmhnall Iain mu dheireadh.

Leum Raonaid chun na h-uinneig ach chan fhaiceadh i càil.

"Tha thu ro fhadalach," ars Ailig, "bidh an càr air falbh."

Chuir Dòmhnall Iain air a' bhidio a-rithist agus shuidh iad air ais anns na cathraichean. Nuair nach tuirt na gillean an còrr mu cò a bha aig an doras, thòisich na nigheanan a' creidsinn gur dòcha gun e an fhìrinn a bha aca cheana. Bha iad a' deasbad airson greis mun ghnothach nuair a bha gnogadh làidir aig an doras, mar gum biodh cuideigin ga bhualadh le a dhòrn.

An uair seo chaidh an ceathrar aca a-mach. Dh'fhosgail Dòmhnall Iain an doras. Chuir an sealladh a choinnich riutha iongnadh mòr orra. Bha Sìonach òg le seacaid dhubh agus dinichean na sheasamh air an leac. Bha aodann air a thoinneamh le pian agus bha eagal na shùilean. Bha fuil air a bhriogais agus grèim aige air mullach a shliasaid le a dhà làimh.

"An cuidich sibh mi?" thuirt e le èiginn na ghuth.

An toiseach cha do ghluais duine dhen cheathrar. Bha leithid de dh'uabhas orra agus gu robh iad reòthte far an robh iad. 'S e Dòmhnall Iain a ghluais an toiseach. Chuidich e an duine a-staigh agus chaidh Ailig air an taobh eile dheth.

Ruith Raonaid dhan chidsin agus fhuair i tubhailt a chuir i air an t-sòfa air eagal 's gun deigheadh fuil oirre, ach cha robh an duine ag iarraidh suidhe. Bha sgèan na shùilean.

"Tha iad às mo dhèidh. Feumaidh mi falach." Bha a ghuth teann mar gum biodh e ann am pian mòr.

"'S fheàrr dhuinn ambaileans fhaighinn dhut," arsa Ailig agus e a' coimhead an làrach fala air briogais an duine a' fàs nas motha.

"Feumaidh sibh m' fhalach," thuirt e a-rithist. "Tha buidheann dona às mo dhèidh — an Kwen — tha iad ag iarraidh mo mharbhadh."

Bha iad ag iarraidh barrachd fhaighinn a-mach, na ceudan de cheistean ag èirigh nan inntinnean, ach bha iad a' tuigsinn nach e àm math a bha ann airson cheistean. Bha rudeigin na

12

choltas agus na ghuth, gu h-àraidh na ghuth, a' cur eagal orra. Dh'fheumadh iad fhalach cho luath 's a b' urrainn dhaibh. Gheibheadh iad a-mach a-rithist dè bha e a' dèanamh ann an Diùrainis agus dè am buidheann a bha às a dhèidh.

Choimhead Ailig agus Dòmhnall Iain air a chèile. Bha eadar-dhealachadh sam bith a bha eatarra a-nis air dhìochuimhne. 'S e gnothach èiginneach a bha seo.

"An lobht," ars Ailig, "dè mu dheidhinn an lobht?"

Ghnog a bhràthair a cheann. Thuirt Seonag agus Raonaid gum fònadh iadsan airson an dotair agus ambaileans. Chuidich iad an duine chun na staidhre, ach cha b' urrainn dha dìreadh. Bha a chas ro ghoirt.

"Togaibh suas mi," thuirt e.

Gun dàil chaidh Dòmhnall Iain aig a cheann, airson gum b' esan a bu làidire, agus ghabh Ailig na casan. Cha robh e soirbh fhaighinn suas an staidhre. Bha an Sìonach ann am pian mòr, ach mu dheireadh ràinig iad am mullach.

"Chan eil dòigh ann a gheibh sinn suas an sin e," arsa Dòmhnall Iain agus e a' coimhead suas air toll an lobht.

Dh'aontaich Ailig. Nuair a thigeadh e gu obair-làimhe sam bith bhiodh e an còmhnaidh a' toirt àite cinn-iùil dha bhràthair. Agus 's e seo àm far nach b' urrainn argamaid a bhith ann.

Thàinig Seonag na ruith a-nuas an staidhre agus Raonaid air a cùlaibh.

Bha iad troimhe-chèile. "Chan eil a' fòn ag obair," ghlaodh i, "feumaidh sinn a dhol chun a' chiosg."

"Fan mionaid. Thèid mise ann," arsa Dòmhnall Iain. "A bheil sibh cinnteach nach eil a' fòn ag obair?"

"Tha, cho cinnteach 's a ghabhas. Chan eil fuaim idir ann," fhreagair i.

Chuir iad an Sìonach a-staigh do dh' aon dhe na seòmraichean-cadail agus chuir iad air an leabaidh e. Bha e a' coimhead lag agus bàn.

"'S fheàrr dhomh falbh," arsa Dòmhnall Iain, "agus fònadh airson ambaileans agus innse dhan phoileas."

Ruith e sìos an staidhre, a' toirt brag air an doras às a dhèidh.

Sheall an triùir eile air an t-Sìonach, a' feuchainn ri smaoineachadh air dòigh anns am b' urrainn dhaibh a chuideachadh. Bha grèim aige fhathast air a shliasaid agus aodann a' sruthadh le fallas.

"Tha peilear innte," thuirt e le mùig.

"Cha bhi an dotair fada," arsa Raonaid a' feuchainn ri chofhartachadh.

Rinn an Sìonach gàire fhann. Chuir e a làmh gu a bheul: "A bheil deoch agaibh?"

"O tha," ghlaodh Seonag. "An e uisge tha sibh ag iarraidh?"

"'S e," fhreagair e ann an guth fann.

Ruith i sìos an staidhre a dh'iarraidh deoch.

Fad an t-siubhail bha inntinn Ailig a' dol. Bha e a' feuchainn ri ciall a thoirt às an t-suidheachadh anns an robh iad. Chan fhaigheadh iad an còrr fiosrachaidh bhon t-Sìonach. Bha e ann an cus pèin agus an-shocair, ach bha e air a ràdh gu robh daoine às a dhèidh agus gunna aca.

Bha Raonaid agus Seonag nan seasamh a' coimhead le co-fhaireachadh air.

"'S fheàrr dhuinn na dorsan a ghlasadh," thuirt Ailig, agus gun feitheamh ri freagairt chaidh e sìos an staidhre agus ghlas e an doras aghaidh agus an doras cùil. Choimhead e a-mach air an uinneig. Cha robh nì neo-àbhaisteach ri fhaicinn. Bha an t-adhar dorcha glas agus an t-uisge a' tighinn a-nuas gun fhaochadh. Chitheadh e an rathad a' sìneadh air falbh bhon taigh aca gu ruige an dòrlach thaighean a bha nan laighe gu seasgair ris an rathad mhòr. Air cùlaibh a' bhaile bha am monadh air a leth fhalach le ceò. Bha a h-uile càil sàmhach a-muigh. Cha robh fiù 's caora air an rathad. Chaidh e air ais suas an staidhre. Bha Seonag agus Raonaid a' feuchainn ri deoch a thoirt dhan t-Sìonach, Seonag a' togail a chinn agus Raonaid a' cur na glainne ri a bhilean. Ghabh e balgam no dhà agus rinn e soighne gun d'fhuair e gu leòr.

Chuala iad fuaim mar gum biodh fuaim càir.

"'S dòcha gur e an dotair a th' ann," arsa Raonaid.

Chaidh an triùir aca sìos an staidhre. Bha iad a' dol a-staigh dhan t-seòmar-suidhe nuair a thàinig an urchair agus an uair sin mar gum biodh cuideigin a' breabadh an dorais cùil. Airson a' chiad uair riamh bha iad ann an cunnart am beatha, agus cha robh fhios aca dè dhèanadh iad.

"Tha gunna aca, na teirig ann idir," thuirt Raonaid ri Ailig gu dian.

Chan e gu robh Ailig an dùil a dhol ann. 'S ann a bha e a' smaoineachadh air àite anns am b' urrainn dhaibh falach.

"Trobhaidibh dhan phreasa fon staidhre, greasaibh oirbh," thuirt e.

Ruith iad chun a' phreasa agus chaidh an triùir aca a-staigh ann. Cha robh mòran rùm ann agus bha aca ri crùbadh agus a bhith air ghurraban. Dhùin iad an doras agus bha iad anns an dorchadas. Bha fàileadh làidir ann de pholais agus stuth-glanaidh. Chum iad cho sàmhach 's a b' urrainn dhaibh.

Nam b' e àm sam bith eile a bha ann bhiodh iad a' gàireachdainn, ach cha robh an turas seo.

Bha iad a' strèanadh a' feuchainn ri cluinntinn dè bha tachairt. Chuala iad guthan a' tighinn na b' fhaisge. 'S e Sìonais a bha aca agus cha robh iad a' tuigsinn dè bha iad ag ràdh. Stad iad taobh a-muigh a' phreasa. Bha iad mar gu robh iad a' deasbad mu rudeigin. Chaidh iad suas an staidhre. Bha grèim aig Raonaid air gàirdean Ailig.

"Dè nì iad?" chagair i.

"Ist," fhreagair e.

Thàinig sgiamh bho shuas an staidhre. An uair sin aon urchair, agus sàmhachd.

"Mharbh iad e," thuirt Seonag le uabhas.

Thòisich Raonaid a' gal air a socair. Theannaich a làmh air gàirdean Ailig.

Bha esan a' faireachadh uabhasach. Mu thràth bha e a' cur na coire air fhèin. 'S dòcha gu robh còir aca a bhith air seasamh suas ris na fir-fhòirneirt, ged a bha gunna aca, agus argamaid riutha. 'S dòcha gu robh iad air beatha an t-Sìonaich a shàbhaladh. Ach bha e ro fhadalach a-nis. Chuala e fuaim nan casan aca a' tighinn a-nuas an staidhre.

# 3. Garaidh nan Eucorach

Mu mhìle mus ruigear drochaid ùr an Dòrnaidh tha rathad a' bristeadh dhen rathad mhòr gu baile Shalachaidh ri taobh Loch Dubhthaich.

Air an t-slighe gu Salachaidh chithear an Dòrnaidh air taobh eile an locha. 'S e slighe bhrèagha a tha ann le craobhan beithe agus giuthais air gach taobh de rathad caol, lùbach.

Tha na taighean pìos bho chèile agus mòran dhiubh air an leth fhalach le craobhan. 'S ann ann an aon dhe na taighean sin, fon rathad, a bha triùir bhall dhen bhuidheann, an Kwen. Bha iad air an taigh a ghabhail air mhàl airson seachdain, agus fhios aca gu robh Gan Lo, Fiu Dao agus Fan Lih — triùir nach robh ag aontachadh ri Riaghaltas Shìona — air tighinn chun na Gaidhealtachd à Lunnainn. Bha iad ag innleachd grèim fhaighinn air an triùir agus an toirt mu dheas nam prìosanaich mus deigheadh an toirt air ais do Shìona.

'S e buidheann àraidh, leth-oifigeil a bha anns a' Khwen. Chaidh a chur air bhonn le buill dhen Phàrtaidh Co-mhaoineach ann an Sìona, agus gach ball a' mionnachadh gun ruaigeadh iad eas-aontaich gu crìochan na talmhainn. Bha iad a' coimhead air an leithid mar nàimhdean na Stàite, agus bha e a' cur a' chaothaich buileach orra gu robh na h-eas-aontaich a' teicheadh le am beachdan coirbte gu tìrean cèin.

Bha còignear dhen Khwen air tighinn gu Salachaidh. 'S e Li Pang a bha na cheannard orra, duine dian le falt dubh agus sùilean geura, dorcha. Bha e a' creidsinn gu tur ann an Co-mhaoineachd agus gum feumte oileanaich agus eas-aontaich a chumail fo smachd leis an riaghaltas, mar a chaidh a dhèanamh aig Ceàrnag Thiananmen ann an 1989.

Cha robh e idir toilichte mar a bha cùisean a' dol dhan sgioba aige o thàinig iad a dh'Alba. Bha e air a h-uile nì a dhèanamh gu ro chùramach. Fhuair aon dhe a luchd-cuideachaidh, Zhou Peng, a-mach gu robh an triùir eas-aontach a' dol air làithean-saora dhan Ghaidhealtachd, agus smaoinich iad gur e cothrom math a bhiodh ann an cur fo ghrèim.

Ach bha nithean air a dhol ceàrr, uabhasach ceàrr.

Bha e na sheasamh ann an cidsin an taighe ann an Salachaidh agus grèim aige air fòn-làimhe.

"Dè tha thu 'g ràdha," bha e ag èigheach gu mì-chreidmheach a-staigh dhan fòn, "mharbh sibh e!"

Bha a dhithis chompanach òg, Zhou Peng agus Wang Li, nan suidhe aig a' bhòrd agus iad ag òl tì. Nuair a chuala iad briathran an ceannaird bha uabhas orra. Bha Li a-nise sàmhach, ag èisdeachd ris an naidheachd aig Liang Wan.

Gu h-obann dh'èigh e, "Dèanaibh cinnteach nach fhaigh duine air falbh. A bheil thu a' tuigsinn?" Chuir e dheth a' fòn. Bha e buairte gu mòr.

"Na h-amadain, na h-amadain," ghlaodh e.

Choimhead an dithis eile air gu ceasnachail.

Mhìnich e dhaibh gu robh gunna aig na h-eas-aontaich, rud ris nach robh dùil aca, agus gu robh aig Liang Wan ri losgadh orra airson e fhèin a dhìon. Chaidh aon de na h-eas-aontaich a leòn anns an t-sliasaid agus nach ann a chaidh na h-amadain às a dhèidh agus mharbh iad e.

"Tha fhios agaibh dè tha seo a' ciallachadh," thuirt e.

Bha an dithis eile a' dol a thoirt beachd, ach mus fhaigheadh iad freagairt chum e air.

"Tha e ciallachadh gu bheil sinn an cunnart mòr. Tha sinn air duine a mhurt — agus 's e Sìonach a th' ann. Agus, nas miosa, tha iad air a mharbhadh ann an taigh làn de dh'òganaich ann am meadhan baile."

'S e boireannach òg tuigseach a bha ann a Wang Li. "Ach ma bheir iad an corp air falbh agus ma bheireas iad air an dithis eile ..." thuirt i.

Chuir Li a làmh suas rithe. "Bha triuir òganach anns an taigh far na mharbh iad e. Feumaidh iad breith orrasan cuideachd." Stad e agus chaidh e a-null chun na h-uinneig. Shìos fodha bha an loch le deannan uisge a' sguabadh thairis air. Bha ceò a' falach mullach nam beanntan.

Bhruidhinn e agus a chùl ris an dithis eile.

"Agus 's dòcha gum feum sinn am marbhadh."

"Am marbhadh!" ghlaodh Zhou Peng, "ach carson?"

"Tha fhios aca air cus," thuirt Li agus e a' tighinn air ais bhon uinneig. "Agus smaoinichibh air an t-suidheachadh anns a bheil sinn. Airson faighinn air ais a Lunnainn tha againn ri dhol tro rathaidean aonranach na Gaidhealtachd. Bhiodh e soirbh dhan phoileas grèim fhaighinn oirnn. Cuimhnichibh gur e Sìonaich a th' annainn, agus ma gheibh iad a-mach gun deachaidh Sìonach a mhurt ..."

"Ach nach fhaodadh sinn an ceangal suas agus am fàgail an seo? Mus fhaigheadh duine iad bhiodh sinn ann an Lunnainn," arsa Zhou. Bha Wang a' gnogadh a cinn ann an aonta.

"'S dòcha," fhreagair Li agus e a' coimhead air uaireadair. "Ach an toiseach tha aca ri an toirt sàbhailte an seo. Biodh sibhse deiseil airson falbh ma bhios feum aca air cuideachadh."

Bha e fhathast a' coimhead buairte. Cha do smaoinich e riamh gum biodh gunna aig na h-eas-aontaich. Rinn e gàire gheur ris fhèin.

Thàinig na facail aig Mao Tsetung thuige — gu robh cumhachd poilitigeach a' tighinn à baraille gunna. Bha sin fìor dhutsa mas ann agadsa a bha an gunna, ach mas ann aig do nàmhaid a bha e ...

'S e fìor Cho-mhaoineach a bha ann an Li. Bha a

sheanair air a bhith air an Triall Fhada còmhla ri Mao anns na bliadhnaichean 1934-35, agus bha sin na adhbhar pròis mhòir dha. Bha a smaoin uile air a riaghladh le teagasg nan Co-mhaoineach. Cha robh e ach naoi deug ann an 1966 aig toiseach an Troimhe-chèile Chultarach agus bha e air a bhith ann an teis-meadhan ghnothaichean, a-muigh air na sràidean le ceudan de dh'òganaich eile agus an leabhar beag dearg aig Mao aige na làimh.

Cha robh a bheachdan air atharrachadh bhon uair sin. Bha e fhathast a' coimhead air Calpachas agus na dùthchannan an Iar mar ghrunnd na h-aingidheachd.

A-nise bha e ann an aon dhe na dùthchannan sin, am measg nàimhdean a' Chreideimh, agus bha e fiadhaich ri a luchd-cuideachaidh gun do chuir iad am misean aca ann an cunnart. Dh'fheumadh e faighinn às a' ghàbhadh anns an robh iad ged a b' e murt a bhiodh ann. Nach robh an t-Adhbhar agus am Pàrtaidh nas cudromaiche na duine sam bith — biodh e òg no sean.

Sheirm a' fòn a-rithist. Rug e oirre ann an cabhaig. Bha e an dòchas gur e naidheachd mhath a bh' ann.

# 4. An e Murt a Bh'ann?

Chuala iad fuaim càir.

"Dh'fhalbh iad," chagair Raonaid.

"Fuirich mionaid," ars Ailig.

Bha e ag iarraidh a bhith cinnteach gu robh na h-eucoraich a bhrist a-staigh dhan taigh air falbh. Dh'fhosgail Seonag doras a' phreasa, pìos beag an toiseach agus an uair sin gu tur. Bha an taigh sàmhach. Thàinig iad a-mach. Bha an casan goirt an dèidh a bhith nan crùban cho fada.

"Seall," ars Ailig agus e a' comharrachadh an làir agus na staidhre.

Ged a bha pàtran air a' bhrat-ùrlair chitheadh iad na boinnean fala gu soilleir. Bha grèim aig Raonaid air gàirdean Ailig. Thuig iad a-nis am fuaim a bha iad a' cluinntinn nuair a bha na fir a' tighinn a-nuas an staidhre — an sgleog, sgleog mar gum biodh nì ga tharraing sìos.

Feumaidh gun do tharraing aon dhiubh an duine — leònte no marbh 's mar a bha e — sìos an staidhre agus a-mach chun a' chàir.

Thug Seonag sùil gu falchaidh a-staigh dhan t-seòmar-suidhe. Chitheadh i gu robh an fhuil an sin cuideachd agus a' dol chun an dorais chùil. Thug i fhèin agus Ailig sùil aithghearr a-mach gu beulaibh an taighe. Cha robh càil ri fhaicinn.

"Dè nì sinn?" arsa Raonaid agus i a' coimhead iomagaineach.

"Dè 's urrainn dhuinn a dhèanamh ach feitheamh gun tig am poileas," fhreagair Ailig gu gruamach.

"Ma fhuair Dòmhnall Iain brath thuca," thuirt Seonag.

Chuir na facail aice eagal orra. Bha e a' cur iongnadh orra nach robh e a' tilleadh. Cha robh a' fòn ach mu cheithir cheud slat bhon taigh agus bha e air a bhith air falbh cairteal na h-uarach.

"'S fheàrr dhuinn coimhead shuas an staidhre," arsa Seonag le gaoir bheag na guth. Bha iad cinnteach nach biodh duine ann, ach b' fheàrr dhaibh dèanamh cinnteach. Chaidh Ailig air thoiseach agus an uair sin Seonag.

Lean Raonaid iad.

Mar a bha dùil aca, bha an Sìonach air falbh agus an leabaidh falamh. Bha aodach na leapa troimhe-cheile agus làrach mòr fala air a' chluasaig.

Dh'fhairich Ailig a stamag a' dol na snaidhm. Chuir Raonaid a làmh air a ghàirdean. Thug e sùil oirre. Bha i air a dhol bàn. Chunnaic e aodann fhèin anns an sgàthan. Bha e a cheart cho bàn. Nam b' e àm eile a bhiodh ann bhiodh e air gàire a dhèanamh. Chitheadh e Seonag anns an sgàthan cuideachd. Bha a sùilean mòra eadhan na bu mhothachaile agus na bu dùrachdaiche na 'n àbhaist. Rinn e snodha-gàire fann rithe anns an sgàthan.

Gu h-obann ruith Raonaid a-mach às an rùm. Chluinneadh iad i a' cur a-mach anns an toileat. Chaidh Ailig às a dèidh a' dol ga cuideachadh.

Stad e. Bho oisean a shùl chunnaic e rudeigin aig bonn na staidhre.

Cha mhòr nach do stad a chridhe. Bha dithis Shìonach, fireannach òg agus boireannach, a' coimhead suas air. 'S e ruith a' chiad smaoin a thàinig thuige, ach bha rudeigin mun deidhinn a chuir stad air. Bha am boireannach cho fìnealta a' coimhead, agus guidhe ann an sùilean an dithis aca, gun tuirt e ris fhèin nach b' urrainn gu robh rùn olc sam bith fa-near dhaibh. Nuair a bhruidhinn an duine bha fhios aige nach robh.

"Cuidich sinn," ars an duine òg, "chaill sinn ar companach."

Bha Seonag a-nis ri thaobh, a' coimhead thairis air a

ghualainn. Chaidh an dithis aca sìos an staidhre.

"Feumaidh sibh ar cuideachadh. Tha daoine às ar dèidh. Daoine olc. Leòn iad ar caraid Lo. Am faca sibh e?"

Dh'innis iad dha na Sìonaich mar a thachair — mar a thàinig an caraid chun an taigh aca a dh'iarraidh cuideachaidh, mar a dh'fhalaich iad shuas an staidhre e agus mar a chuala iad urchair agus an uair sin an doras cùil ga bhreabadh a-staigh. Dh'innis iad cuideachd mar a chuala iad an urchair bho shuas an staidhre.

Bha sgèan ann an sùilean an dithis Shìonach.

"Tha sinn ann an cunnart mòr," thuirt Fiu Dao. "Bidh iad air ais."

"Cò tha às ur dèidh? Carson?" dh'fheòraich Seonag.

"An Kwen. Buidheann Co-mhaoineach," ars Fiu Dao.

"Innsidh sinn a-rithist dhuibh," thuirt a bhanacharaid, Fan Lih, agus i a' coimhead buairte. "Feumaidh sinn teicheadh an-dràsta. Bidh iad air ais."

Thàinig Raonaid a-nuas an staidhre. Cha robh i a' coimhead gu math.

Chuir Ailig a làmh mu a gualainn.

"Teicheadh. Càite?" dh'fheòraich Ailig.

Dh'innis na Sìonaich dhaibh gu robh càr aca a-muigh air beulaibh an taigh.

Dh'aontaich iad uile gum biodh e na b' fheàrr a bhith air falbh bhon taigh. Bha seansa math ann gun tigeadh an Kwen air ais. Bha dìreach aon rud a' dèanamh dragh dhaibh — gu robh Dòmhnall Iain fhathast aig a' fòn. Dè nam beireadh iad airsan? Chuala iad fuaim càir. Leum Ailig chun na h-uinneig.

"Iadsan a th' ann," ghlaodh e. "Tha iad a' dol chun an dorais chùil. Trobhaidibh."

Gun feitheamh ri freagairt dh'fhosgail e an doras aghaidh dha na Sìonaich agus an dithis nighean. Ruith iad a-mach. Bha an càr aca, Granada geal, fichead troigh bhon doras.

Rinn iad air. Chaidh Dao agus Lih dhan toiseach agus an triùir òganach dhan chùl. Thòisich an càr le srann agus bha iad air falbh. Dh'fhàg iad càr nan eucorach — Sierra dearg — air an cùlaibh aig an doras.

Bha Ailig agus na nigheanan a' sealltainn air ais. Chunnaic iad dà Shìonach a' ruith timcheall an oisein bho chùl an taighe. Bha gunna aig fear dhiubh. Bha e a' losgadh às dèidh a' chàir aca. Bhuail peilear cùl a' chàir le gliong. Chrom iad an cinn sìos cho ìseal agus a b' urrainn dhaibh. Dh'fhuirich iad mar sin gu robh iad aig ceann an rathaid.

Chaidh iad seachad air a' chiosg. Cha robh duine ann agus cha robh sgeul air Dòmhnall Iain air an rathad.

Thàinig iad gu crois an rathaid.

"Dè 'n taobh as fheàrr?" dh'fheòraich Dao.

Choimhead Ailig ri Seonag agus Raonaid. Bha iadsan coltach ris-san, cha robh iad cinnteach.

"Chan eil e gu diofar," thuirt e. Thionndaidh Dao chun na làimh dheis, taobh Bhaile MacCarra.

Bha Raonaid ri taobh Ailig anns a' chùl. Rug e air làimh oirre agus thug e fàsgadh beag dhi. Bha i fhathast bàn. Rinn e gàire fhann rithe. Cha robh ann ach mìos o thòisich iad a' dol a-mach còmhla. 'S e a falt soilleir ruadh agus a sùilean gorma a tharraing thuice an toiseach e.

A-nis cha robh e cinnteach gum maireadh e. Smaoinich e cho neònach agus a bha e mar a bha an cunnart anns an robh iad a' toirt sealladh às ùr dha air Raonaid agus air Seonag, agus cuideachd air fhèin. Bha mar a bha i ga giùlain fhèin a' meudachadh a mheas air Seonag. Cho calma agus cho ciùin agus a bha i ann am meadhan a' ghàbhaidh. Agus nuair a choinnich an sùilean gu neo-chiontach anns an sgàthan dh'fhairich e rud nach do dh'fhairich e riamh roimhe, agus cha b' urrainn dha a chur ann am briathran.

Bha e a' faireachdadh grod agus ciontach, grod airson nach robh e fhèin cho calma agus bu thoigh leis a bhith, agus ciontach airson gu robh e a' faireachadh gum b' fheàrr leis Seonag, las a bhràthar, na Raonaid, an las aige fhèin. Dh'fheuch e ris na smaointean a chur a-mach às inntinn.

Fad an t-siubhail bha an triùir aca a' coimhead a-mach an uinneag chùil feuch am faiceadh iad càr nan eucorach. Bha iad uile an dòchas gun do ghabh e an rathad eile chun a' Phluic.

# 5. Dòmhnall Iain na Phrìosanach

Bha Dòmhnall Iain letheach slighe chun a' fòn nuair a chunnaic e càr dearg a' tionndadh a-staigh an rathad chun an taigh aca. Leum e a-staigh air cùlaibh phreasan a bha ri taobh an rathaid. Chaidh an càr seachad sìos chun an taigh aca agus stad e aig ceann an taighe.

Leum dithis Shìonach a-mach. Chunnaic e gu robh rudeigin aig a' chiad fhear na làimh. Smaoinich e gur dòcha gum b' e gunna a bha ann.

Leum e a-mach bho chùl nam preasan agus ruith e cho luath agus a b' urrainn dha chun a' fòn.

Dh'fheuch e àireamh fòn a' phoilis anns a' Chaol. 'S e Catrìona, bean an t-sàirdseant, a fhreagair. Cha do choinnich e riamh rithe ach bha e air cluinntinn mu deidhinn, gu robh i uabhasach còmhraideach. 'S e an fhìrinn ghlan a bha sin.

Dh'innis e dhi cò bha ann agus gu robh Sìonach air tighinn chun an taigh aca leònte. Cha robh an loidhne uabhasach math.

"Sionnach leònte," ars ise, "nach eil sin iongantach. Tha eagal orm nach eil e fhèin a-staigh ach..."

"Chan e sionnach!" ghlaodh Dòmhnall Iain gu crosda "Sìonach, Chinaman a th' ann, agus tha e air a leòn gu dona anns an t-sliasaid."

Bha uisge a' ruith sìos glainne a' chiosg. Fhad 's a bha e a' bruidhinn bha e a' strèanadh a' feuchainn ri sùil a chumail air an rathad.

Chunnaic e an càr dearg a' tilleadh a-nuas an rathad agus a' tionndadh sìos, air falbh bhon chiosg, gu Druim Buidhe.

"An ainm an nì math, Chinaman a bheil thu 'g ràdha. Chinaman leònte anns an taigh agaibh. Dè thachair dha? An e tuiteam a rinn e?"

"Chaidh a leòn le gunna. Bha cuideigin a' feuchainn ri mharbhadh."

Bha an loidhne sàmhach airson tiotan.

"Chinaman air a leòn le gunna. An ann a' tarraing asam a tha thu?"

"An fhìrinn a th' agam." Bha èiginn na ghuth. Dh'innis e dhi gum faca e daoine ann an Sierra dearg a' dol a-staigh dhan taigh agus gunna aig fear dhiubh. Dh'aithnich i air a ghuth gu robh rudeigin fada ceàrr.

Dh'atharraich a modh.

"Fuirich far a bheil thu, a ghràidh. Feuchaidh mi ri grèim fhaighinn air fhèin. Tha iad a-muigh ach chan eil fhios a'm càite. Fuirich an sin, a ghràidh, cha bhi e fada."

"Feumaidh sinn dotair agus ambaileans," ghlaodh e rithe.

"Gheibh mi sin, gheibh mi sin." Chuir i sìos a' fòn.

Bha e a' guidheachan ris fhèin. "An òinseach, an òinseach. Sionnach! Abair thusa."

Chaidh e a-mach dhan uisge. Cha robh duine no càr ri fhaicinn.

Smaoinich e gur dòcha gu robh còir aige a dhol a dh'iarraidh cuideachaidh air nàbaidh, ach bha an càr dearg a' dèanamh dragh dha. Bha e ag iarraidh faighinn a-mach dè bha air tachairt. Thòisich e a' ruith chun an taighe. Nuair a bha e letheach slighe chuala e fuaim càir air a chùlaibh. Leum e dhen rathad a-rithist agus chaidh e air cùl phreasan.

Chrùb e sìos gus nach deigheadh fhaicinn.

Chaidh an càr seachad aig astar — Granada geal. Stad e air beulaibh an taighe. Thàinig dithis a-mach às, fireannach agus boireannach. Dh'fheuch iad an doras aghaidh ach feumaidh gu robh e glaiste. Chaidh iad timcheall an cùl. Thàinig e a-mach às na preasan agus thòisich e a' ruith chun an taigh. Bha a cheann na bhrochan. Càr dearg agus càr geal. Cha robh fhios aige cò leis a bha na càraichean. An ann leis a' Khwen a bha na dhà? An e nàimhdean a bha anns an dà chàr?

Bha e a' dèanamh dragh dha gu robh Seonag, a bhràthair agus Raonaid anns an taigh. Bha e an dòchas nach deachaidh an goirteachadh. Dh'fhalaich e air cùl seada a bha mu fhichead slat bhon taigh. Chitheadh e an doras cùil. Bha e fosgailte ach chan fhaiceadh e duine. Thàinig crith bheag air leis cho fliuch agus a bha e. Dh'fhairich e an t-uisge a' ruith sìos aodann. Smaoinich e gun èaladh e chun na h-uinneig, an uair a chuala e fuaim càir. 'S e an càr dearg a bha ann a' tilleadh aig astar.

Stad e le sgreuch air beulaibh an taighe.

Chuala e na casan air an staran a' tighinn chun an oisein. Chan fhaiceadh e an càr agus e air fhalach leis an taigh. Bha breab aig a chridhe na chom. Chuimhnich e air an duine leònte agus gum b' ann le gunna a chaidh a leòn. Rinn e e fhèin cho dìreach agus a b' urrainn dha agus bhrùth e a dhruim ris an t-seada fhiodh. Bha e ag ùrnaigh nach fhaiceadh iad e. Chuala e fuaim nan casan a' tighinn na b' fhaisge. Bha iad a' dol chun an dorais cùil. An uair a bha e a' smaoineachadh gu robh iad aig an doras thug e sùil a-mach gu falchaidh. Chunnaic e gur e dithis Shìonach a bha annta agus gu robh gunna aig fear dhiubh. Chaidh iad à sealladh a-staigh dhan taigh.

Nuair a chunnaic e gu robh gunna aca smaoinich e gum feumadh gur e buill den Khwen a bha annta. Ach cha robh e gu tur cinnteach. Dh'fhaodadh gur e caraidean dhan fhear a chaidh a leòn a bha annta agus iad a' tighinn air tòir an caraid. Chaidh a' cheist a fhreagairt dha ann an aithghearrachd.

Chuala e fuaim a' tighinn bho bheulaibh an taighe. Thàinig dithis Shìonach òga — cha b' e an fheadhainn a chaidh a-staigh an doras cùil — timcheall an oisein agus rinn iad dìreach air a' chàr gheal a bha aig oisean an taighe. Leum

28

iad a-staigh dhan toiseach. Air an sàilean bha Seonag, Raonaid agus Ailig. Leum iadsan a-staigh dhan chùl agus thòisich an t-einnsean. Thàinig e a-mach bho fhasgadh an t-seada agus e a' dol a' ruith às an dèidh. Bha e soilleir dha cho luath agus a chunnaic e iad a' ruith chun a' chàir gur e caraidean a bha anns a' chàr gheal agus nach b' e an Kwen.

Gu mì-fhortanach, dìreach mar a thàinig e a-mach bho fhasgadh an t-seada thàinig an dithis Khwen a-mach an doras cùil. Bha an càr geal a-nis agus stùr aige a' falbh bhon taigh. Loisg an Sìonach a bha air thoiseach urchair às dèidh a' chair. Rug an Sìonach eile air ghàirdean air Dòmhnall Iain mus fhaigheadh e air teicheadh. Cha robh dad ann a b' urrainn dha a dhèanamh agus gunna aca.

Mhèarrs iad chun a' chàir e agus thilg iad a-staigh dhan chùl e. Thàinig am fear leis a' ghunna agus shuidh e ri thaobh. Bhruidhinn e ris an fhear eile ann an Sìonais.

Chuir esan an t-einnsean a dhol agus dh'fhalbh iad aig astar. Cha robh sgeul air a' Ghranada. Nuair a ràinig iad crois an rathaid ghabh iad chun na làimh dheis — rathad Bhaile MacCarra. Cha robh fhios aig Dòmhnall Iain dè bha air thoiseach air. Ach a' faicinn a' ghunna fhathast ann an làimh an fhir a bha ri thaobh, bha eagal a bheatha air. Cha tuirt na Sìonaich guth ris. Ach bha fòn aig an dràibhear, duine mu dhà fhichead le falt dubh, agus bha e a' bruidhinn ri cuideigin fhad 's a bha e a' dràibheadh.

# 6. Air Tòir nan Eucorach

An uair a fhuair Seòras MacLeòid, an sàirdseant, agus Ailig
Dan MacDhòmhnaill, am poileasman, fios bho bhean an
t-sàirdseant, bha iad anns a' Phloc aig tubaist rathaid. Bha
dà chàr air bualadh na chèile, ach ged a bha na càraichean air
am milleadh, gu fortanach cha robh duine air a ghoirteachadh
gu dona. Mar a bhiodh dùil, chuir an naidheachd gu robh
Sìonach òg ann an Diùrainis agus e air a leòn le gunna
iongnadh mòr orra, agus rinn an naidheachd gu robh daoine
às dèidh an òganaich 's a' feuchainn ri mharbhadh dragh
dhaibh.

Cha robh Diùrainis ach dà mhìle air falbh, ach
dh'fheumadh iad a dhol air ais dhan Chaol, astar còig mìle.
Ma bha gunna aig an fheadhainn a bha air tòir an t-Sìonaich
dh'fheumadh iadsan gunna cuideachd, agus bha na
gunnaichean anns an stèisean anns a' Chaol. Dh'fhàg iad an
tubaist agus rinn iad às agus an Dòmhnallach a' dràibheadh.

Fhad 's a bha iad a' siubhal chuir an sàirdseant fios air an
rèidio chun na prìomh oifis ann an Inbhir Nis ag innse
dhaibh a h-uile càil air an robh fhios aige, gu h-àraidh gu
robh amharas ann gur e Sierra dearg a bha aig na
h-eucoraich, ged nach robh fhios aige air an àireamh, agus
gu robh gunna aca. Dheigheadh an naidheachd sin a
sgaoileadh chun a' phoilis air feadh Alba. Dh'iarr e cuideachd
cuideachadh, agus gheall Inbhir Nis gun cuireadh iad poileas
an Atha Leathainn a-null. 'S e sin an stèisean a b' fhaisge.
Agus cuideachd thigeadh càr à Inbhir Nis no Cille Chuimein
agus fear eile às a' Ghearasdan airson slighe nan eucorach
a ghearradh dheth chun an ear agus gu deas.

"'S e a' bhochdainn gum faod iad an càr dearg fhàgail an
àite sam bith agus fear eile a ghoid," ars Ailig Dan, am
poileasman.

Dh'aontaich an sàirdseant. Ma bha toinisg aig na h-eucoraich 's e sin a dhèanadh iad, agus bhiodh sin a' dèanamh na cùis na bu duilghe.

Ràinig iad an Caol agus tuil uisge ann. Cha b' e feasgar math a bha ann airson a bhith a' lorg càr sam bith. Fhuair iad gunna gun dàil agus rinn iad air Diùrainis, an uair seo a' dèanamh air Baile MacCarra far a bheil an rathad a' gearradh dheth gu Diùrainis.

Cha robh mòran dòchais aca gum biodh na h-eucoraich fhathast ann an Diùrainis ach dh'fheumadh iad coimhead. Choinnich iad ri dhà no trì chàraichean air an rathad chaol gu Diùrainis agus chuir iad stad orra uile, ach cha robh gin fo amharas. Bha an dotair Gillios ann an aon dhiubh agus an ambaileans air a chùlaibh. Dh'innis e dhaibh mar a bha cùisean — gu robh an taigh aig Seonaidh agus Peigi NicAoidh falamh, gu robh na dorsan fosgailte agus gu robh fuil air a' bhrat-ùrlair.

An uair a ràinig iad an taigh thug iad sùil aithghearr mun cuairt. Chunnaic iad gu robh fuil air an leabaidh cuideachd, agus gun deachaidh an doras cùil a bhristeadh.

Chuala iad an rèidio a' seirm anns a' chàr.

Chaidh iad a-mach. 'S e bean an t-sàirdseant a bha ann. Bha naidheachd aice gun deachaidh dà chàr fhaicinn a' dol aig astar cunnartach thairis air drochaid na Dòrnaidh — Granada geal air a leantainn le Sierra dearg. B' e siud uile a bha dhìth orra. Rinn iad às gun dàil. Bha iad an dòchas nach robh iad ro fhada airson beatha an t-Sìonaich òig a shàbhaladh.

Las Ailig Dan, am poileasman, toitean. Cha bhiodh e a' smocadh ach nuair a bhiodh cùisean a' tighinn cruaidh air. Chuir e a chas sìos air spòg an luathais. Cheangail an sàirdseant a chrios gu cùramach. Theannaich a shùilean agus chuir e a làmhan air a' ghunna a bha tarsainn a shliasaidean. Bha e a' strèanadh a' feuchainn ri faicinn an robh càr air thoiseach orra. Sguab na suathairean air ais agus air adhart gu bras.

Bha oidhche dhoirbh air thoiseach orra.

# 7. An Tòrachd

Bha Ailig na shuidhe ann an cùl a' Ghranada eadar Raonaid agus Seonag.

Fhad 's a bha iad a' siubhal bha Dao agus Lih ag innse dhaibh mun deidhinn fhèin agus mu dheidhinn a' Khwen. Bha iad a' dol aig astar agus uair no dhà cha mhòr nach deachaidh iad dhen rathad. Chum an triùir sùil gheur a-mach an uinneag dheiridh airson càr a' Khwen. Air sgàth 's cho lùbach agus a bha an rathad chitheadh iad uaireannan pìos bhuapa, agus uaireannan eile chan fhaiceadh iad fada idir.

Dh'innis Dao agus Lih dhaibh mar a bha iad an sàs ann an troimhe-cheile Ceàrnag Thiananmen ann an 1989, còmhla ri an caraid Gan Lo, agus mar a bha aca ri teicheadh à Sìona an dèidh a' cheathramh là dhen Og-mhìos.

B' ann air an là sin a chuir Riaghaltas Shìona na tancaichean a-staigh an aghaidh nan oileanach a bha ag iarraidh barrachd saorsa dhan t-sluagh.

Aig an àm bha iadsan nan oileanaich ann an Colaisde ann am Beijing.

"Bha sinn fortanach faighinn às le ar beatha," thuirt Lih. "Chaidh cuid de ar caraidean a mharbhadh agus feadhainn eile a thilgeil dhan phrìosan."

Dh'innis iad mar a fhuair iad air teicheadh gu Lunnainn, far an robh iad a' smaoineachadh a bhiodh iad sàbhailte. B' ann an sin a fhuair iad a-mach mun Khwen, buidheann de Cho-mhaoinich chruaidh-bharaileach a bha eadhan nas cruaidhe air eas-aontaich na Deng Xiaoping, Li Peng, am Prìomhaire, agus buill coltach riutha a bha a' riaghladh a' Phàrtaidh Cho-mhaoinich.

Cha robh dad a dh'fhios aca an toiseach gu robh buill

dhen Khwen ann an Lunnainn gus an d'fhuair iad litir bho charaid dhaibh ann an Hong Kong a' toirt rabhadh dhaibh. Thuirt an caraid gun dèanadh an Kwen an dìcheall airson grèim fhaighinn orra agus an toirt air ais do Shìona. Cha robh iad a' smaoineachadh gum faigheadh an Kwen lorg orra ann am baile mòr Lunnainn, ach bha iad ceàrr.

Aon oidhche agus iad ag ithe ann an taigh-bìdh Sìonach, thug iad an aire do thriùir Shìonach eile a' geur-amharc orra. Agus chuir e dragh orra nuair a bha amharas aca gu robh cuideigin gan leantainn dhachaigh gu far an robh iad a' fuireach ann a Wimbledon. Cha robh iad a' faireachdainn cofhartail anns a' flat aca an dèidh sin agus bha iad cinnteach gu robh cuideigin a' cumail sùil air an taigh. Cho-dhùin iad gum faigheadh iad flat eile, agus fhuair iad sin. Smaoinich iad gur e àm math a bhiodh ann a dhol air làithean-saora dhan Ghaidhealtachd mus gluaiseadh iad dhan flat ùr.

"Ach ciamar a bha fhios aca gu robh sibh a' tighinn?" dh'fheòraich Seonag agus i fhathast a' cumail sùil a-mach an uinneag dheiridh.

"Feumaidh gun cual' iad sinn a' bruidhinn," mhìnich Dao, "no gun do chuir iad *bug* dhan flat againn."

Chuir Raonaid casg air a' chòmhradh le glaodh. "Seall, seall, an càr dearg. Tha e tighinn!"

Bha iad a-nis gu bhith aig Ceàrnaig Bhaile MhaCarra. Chaidh iad timcheall an oisein chun na Ceàrnaig le sgreuch thaidhrichean agus rinn iad air an rathad mhòr, mu leth mhìle air falbh. Nuair a fhuair iad air an rathad sin b' urrainn dhaibh a dhol na bu luaithe. Bha an triùir ag innse dha na Sìonaich dè bha a' tachairt air an cùlaibh. Bha an Sierra dearg a' tighinn na b' fhaisge, ach bha càr eile eatarra agus e.

Chuir Dao a chas sìos. Bha iad a' dol cho luath agus a dheigheadh an càr agus a' dèanamh faisg air ceud mìle san uair. Chaidh iad seachad air càr an dèidh càir, gan cur fhèin agus daoine eile ann an cunnart.

Bha càraichean a' dùdach agus a' cur air nan solas riutha agus an luchd-siubhail a' coimhead orra le uabhas — ach chum iad orra agus an càr dearg mu leth mhìle air an cùlaibh. Chaidh iad seachad air drochaid na Dòrnaidh agus Caisteal Eilean Donnain.

Dh'fhàs an rathad lùbach a-rithist agus chaidh an càr dearg à fianais.

"A bheil àite ann far am b' urrainn dhuinn falach?" dh'fheòraich Dao gu cabhagach. "Frith-rathad, 's dòcha."

Bha eòlas math aig Ailig agus na nigheanan air an sgìre. Dh'innis iad dhaibh gu robh rathad aig Inbhir Ionaid air an taobh chlì, rathad na coille.

"Tha sinn a' tighinn thuige a-nise," ghlaodh iad.

Chuir Dao a chas air a' bhreic agus le sgreuch thaidhrichean thionndaidh iad a-staigh agus stad iad fo fhasgadh nan craobh. Cha robh iad ach tiotan no dhà a' feitheamh nuair a chaidh an Sierra seachad le sgread.

Dh'fhuirich iad airson mionaid.

Bha Lih ag ràdh, "Bidh e nas fheàrr tilleadh. Thig iad air ais nuair a chì iad nach eil sinn air thoiseach orra."

Dh'aontaich Dao agus an triùir. Dh'fhaodadh iad tilleadh chun na Dòrnaidh agus falach an sin. Chaidh iad air ais an rathad a thàinig iad.

Rinn Ailig snodha-gàire ri Raonaid agus Seonag. Thug iad an car às na h-eucoraich.

Bha Seonag a' coimhead iomagaineach. Cha do rinn i gàire air ais idir.

"Tha mi an dòchas gum bi Dòmhnall Iain ceart gu leòr," thuirt i.

"Na biodh dragh ort," thuirt Ailig gun cus cinnt na ghuth. "Gheibh am poileas grèim orra."

Dìreach mar a thuirt e na facail, leig Dao agus Lih glaodh asda agus chuir Dao a chas gu trom air a' bhreic. Bha iad dìreach air a dhol timcheall lùib anns an rathad agus a' cur stad orra tarsainn an rathaid bha bhan mhòr gheal. Sheas dithis fhireannach agus boireannach air an rathad.

Bha gunna aig fear dhiubh. Cha robh dòigh aca air faighinn seachad agus cha b' urrainn dhaibh tilleadh. Thàinig am fear leis a' ghunna a-nall na ruith agus dh'fhosgail e an doras cùil air an taobh air an robh Seonag. Smèid e an gunna nan aodainn agus e a' dèanamh follaiseach gu robh e ag iarraidh a-staigh dhan chàr.

Bhruidhinn e ri Dao agus Lih ann an Sìonais agus e a' comharrachadh Dao leis a' ghunna. Tharraing a' bhan gheal gu cliathach an rathaid airson an leigeil seachad. Smaoinich Ailig gum bu chòir dhaibh feuchainn ri teicheadh, ri leum a-mach air taobh Raonaid. Ach mus b' urrainn dhaibh dad a dhèanamh bha iad air falbh, a' dol chun na Dòrnaidh.

Bha iad nam prìosanaich aig a' Khwen.

# 8. Uaigh am measg nan Craobh

Bha iad uile nam prìosanaich ann an taigh a' Khwen ann an Salachaidh.

Chaidh Ailig, Raonaid agus Seonag agus an dithis Shìonach, Dao agus Lih, a thilgeil a-staigh do sheòmar agus an doras a ghlasadh. 'S gann gu robh an doras dùinte nuair a chuala iad càr a' stad a-muigh. Leum Ailig agus Seonag chun na h-uinneig.

"Tha Dòmhnall Iain aca," dh'aithris Ailig gu tùrsach.

Ann an tiotan no dhà dh'fhosgail doras an t-seòmair agus chaidh a phutadh a-staigh còmhla riutha. Bha e a' coimhead dubhach. Rug Seonag air agus thug i pòg dha. Bha iad uile toilichte fhaicinn beò. Dh'innis e dhaibh mar a thachair dha, gun deachaidh a thoirt na phrìosanach anns an t-Sierra dhearg còmhla ri dithis dhen Khwen. Bha aon naidheachd mhath aige dhaibh, 's e sin sin gun d'fhuair e gu ruige a' fòn agus gun d'fhuair e fios chun a' phoilis.

"Faodaidh sibh a bhith cinnteach gum bi iad a-muigh gar lorg," thuirt e.

Bha Dao agus Lih ag iarraidh faighinn a-mach dè a thachair dhan caraid, Lo, ach cha b' urrainn do Dhòmhnall Iain an cuideachadh. Bha eagal orra gur ann marbh a bha e. Cha robh e anns a' chàr dhearg agus a rèir choltais cha robh e anns an taigh dhan deachaidh an toirt. Bha Dao agus Lih cinnteach gur ann marbh a bha e.

Mhìnich Dao nach biodh an Kwen ag iarraidh prìosanach leònte a chumail. Bhiodh cus dragh ann. Bhiodh e na b' fhasa dhaibh cur às dha agus a chorp fhalach an àiteigin.

Dh'fhairich Ailig gaoir a' dol troimhe a' smaoineachadh air Lo na laighe gun fhurtachd air an leabaidh anns an taigh aca. Cha robh e mòran na bu shine na e fhèin agus chaidh a mharbhadh mar gum b' e beathach a bha ann.

Cha bhi an taigh an aon rud tuilleadh, smaoinich e, agus thuirt e ris fhèin nam faigheadh e às a' ghàbhadh anns an robh iad nach caidileadh e gu bràth tuilleadh anns an leabaidh ud — a leabaidh fhèin. Chaidh an dachaigh aca a thruailleadh le nì cho aingidh agus cho olc agus nach robh tuigse aige air. Mas ann mar seo a bha Co-mhaoineachd ag obair, cha robh e ag iarraidh làmh ann no turas ris. 'S dòcha gun do thòisich e mar chreideamh ceart a bha ag iarraidh na daoine bochda a chuideachadh ach bha e air crìochnachadh mar shiostam a bha a' peanasachadh nan ionraic. Cha b' urrainn gu robh sin ceart.

Thug e an aire gu robh Dòmhnall Iain agus Seonag nan suidhe ri taobh a chèile agus grèim aige air a làimh. Smaoinich e gu robh iad a' dèanamh cupall brèagha, esan cho duineil, làidir agus ise cho ... cho boireann brèagha. Bha Raonaid na seasamh a' coimhead a-mach an uinneag. Bha ise brèagha cuideachd agus laghach agus làn spòrs, ach bha rudeigin ann mu deidhinn a bha toirt air smaoineachadh nach obraicheadh e eatarra.

Ach dè? An toiseach cha b' urrainn dha dèanamh a-mach dè bha ann. An uair sin bhuail e air. Bha i ro làn dhith fhèin, agus mar bu trice ag iarraidh a dòigh fhèin. Cha robh sin a' còrdadh ris.

Thàinig stad aithghearr air na smaointean aige. Leig Raonaid sgreuch aiste agus thuit i mar chlosach ri taobh na h-uinneig.

Ruith iad uile a-null thuice agus thug iad sùil a-mach. Ann an sin chitheadh iad adhbhar a h-anshocair. Bha cùll an Sierra fosgailte agus bha dithis dhen Khwen a' toirt corp Lo a-mach às. Chitheadh iad dithis eile a' cladhach uaigh thall fo na craobhan. Thòisich Lih a' gul.

Chuir Dao a làmh mu a gualainn ga cofhartachadh, agus na deòir na shùilean fhèin.

Bha an triùir air a bhith eòlach air a chèile o chaidh iad

an toiseach chun na colaisde ann am Beijing agus bha aon
nì ann a bha gan tarraing dlùth ri chèile. Cha robh duine
dhiubh a' creidsinn anns na Co-mhaoinich a bha a' riaghladh
Shìona, agus bha iad ag iarraidh cùisean atharrachadh.

Bha iad air tighinn a-mach air na sràidean còmhla ri
mìltean de dh'oileanaich eile, agus dòchas aca gun toireadh
iad buaidh air an Riaghaltas gu sìobhalta.

Ach air an latha thruagh ud ann an Ceàrnag Thiananmen
dh'atharraich cùisean gu tur. Chaidh caraidean dhaibh a
mharbhadh, a leòn no a chur dhan phrìosan, agus bha aig
cuid aca ri teicheadh, mar a rinn iadsan, gu tìrean cèin.

Chrùb Ailig air a ghlùinean ri taobh Raonaid agus grèim
aige air a làimh. Bha h-aodann bàn. Thòisich i ri tighinn
timcheall. Nam biodh sinc air a bhith anns an rùm bhiodh
e air deoch fhaighinn dhi, ach cha robh.

"Bidh tu ceart gu leòr," thuirt e gu socair.

Dh'fhosgail i a sùilean agus shuidh i suas agus a ceann
crom.

"Bidh tu ceart gu leòr," thuirt e a-rithist cho socair agus
a b' urrainn dha.

"Dè tha dol a thachairt dhuinn?" dh'fheòraich i ann an
guth fann.

"Chan eil càil," fhreagair e, cho misneachail 's a
b' urrainn dha, ged nach robh e a' faireachdainn ach gu math
eagalach e fhèin.

Chrùb Dòmhnall Iain agus Seonag sìos rin taobh. Chuir
Seonag a làmh air gàirdean Raonaid.

"Cha thachair càil dhuinn, tha mi gealltainn dhut," thuirt
i ann an guth còir.

"Cha dèan iad càil oirnne, carson a dhèanadh?" arsa
Dòmhnall Iain.

Thòisich Raonaid a' caoineadh. "Chan eil mi cho
cinnteach," thuirt i 's i a' gal, "tha iad air an duine bochd ud
a mhurt."

Bha iad uile sàmhach. 'S e an fhìrinn a bha ann gu robh na h-eucoraich air duine a mhurt — agus an duine sin leònte. 'S dòcha gu robh Raonaid ceart agus gun dèanadh iad cron orrasan cuideachd. Thàinig an aon smaoin thuca aig an aon àm. 'S e Dòmhnall Iain a thug briathran dhi.

"Carson nach feuch sinn ri teicheadh?" thuirt e, gun cus dòchais aige gun gabhadh e dèanamh.

Leum Ailig gu a chasan. Chunnaic e gu robh an ceathrar Shìonach fhathast thall fo na craobhan a' cladhach na h-uaighe.

"Cia mheud aca a th' ann?" dh'fheòraich Ailig de Dhao, a bha na shuidhe air gàirdean an t-sèithir agus a làmh mu ghualainn Lih ga cofhartachadh.

"Còignear," arsa Doa. "Feumaidh gu bheil an ceannard a th' orra anns an taigh."

Bha Ailig agus a bhràthair dhen bheachd gu robh còir aca feuchainn ri glas an dorais a bhristeadh agus ruith gu fasgadh nan craobhan a bha shìos ri taobh a' chladaich. Cha robh Seonag agus Raonaid cho cinnteach. Ma bha ceannard nan eucorach fhathast anns an taigh, chluinneadh e am fuaim gun teagamh sam bith, agus ma bha gunna aige ...

Ach bha Dao agus Lih cuideachd ag iarraidh an cothrom a ghabhail fhad 's a bha an ceathrar eucorach a-muigh.

Ghabh Dòmhnall Iain grèim air làmh an dorais. Sheas iad uile aig an doras air a chùlaibh. Tharraing e air làmh an dorais le uile neart, ach cha ghluaiseadh i. Thug e slaodadh uabhasach eile oirre, agus thàinig làmh an dorais air falbh na làimh. Dh'fhan iad sàmhach airson mionaid, ach cha tàinig duine.

'S e Ailig a mhothaich dha na bannan a bha air an doras. Chunnaic e na saoir a' togail thaighean ann an Diùrainis. Nuair a bha iad a' crochadh nan dorsan bhiodh iad a' cur tarrag mhòr fhada a-staigh dha gach bann agus bha e furasta gu leòr an tarrag sin fhaighinn às agus an doras a thoirt dhe na bannan, agus 's ann air taobh a-staigh an dorais a bha na bannan. 'S ann anns an t-seòmar-suidhe a bha iad, agus bha àite teine ann. Fhuair e an clobha a bha an crochadh ri a thaobh. Bha làmh a' chlobha biorach gu leòr airson grèim fhaighinn air bàrr na tarraig. Thug e an clobha dha bhràthair agus ann an tiotan no dhà bha an doras dhe na bannan.

Thug Seonag sùil a-mach air an uinneig feuch an robh na h-eucoraich fhathast a-muigh. Ghnog i a ceann riutha.

Sheall Dòmhnall Iain a-mach air an doras. Cha robh duine ri fhaicinn anns an trannsa. Smèid e riutha a leantainn. Dh'fheumadh iad a dhol chun an dorais cùil agus a dhol tron chidsin. 'S e taigh mòr anns an robh iad. Bha aon trannsa ghoirid a' dol chun na làimh chlì chun a' chidsin agus trannsa ghoirid eile a' dol chun an dorais aghaidh.

Bha Dòmhnall Iain dìreach gu bhith aig an oisean nuair a stad e. Chuala iad ceumannan a' tighinn bhon chidsin. Gu h-obann thàinig Sìonach timcheall an oisein agus gunna-làimhe aige. Bha a dhà làimh air a' ghunna agus e gan comharrachadh leis. Cha robh àite ann dham b' urrainn dhaibh teicheadh.

Chuir Dòmhnall Iain suas a làmhan air a shocair. Rinn iad uile an aon rud. Cha robh an duine ag ràdh guth, dìreach gan comharrachadh leis a' ghunna. Dh'fhanntaig Raonaid aig casan Ailig. Smèid an duine riutha a dhol air ais an rathad a thàinig iad. Gu trom-chridheach thòisich iad a' dol air ais an comhair an cùil. Cha b' urrainn duine dhiubh an sùil a thoirt dhen ghunna.

# 9. Strì a' Phoilis

Bha an Sàirdseant MacLeòid misneachail nach fhaigheadh na h-eucoraich Shìonach air ais gu deas. Chaidh an t-slighe gu Inbhir Nis agus chun a' Ghearasdain a ghearradh dheth, agus nan deigheadh càr eile a ghoid anns an sgìre cha bhiodh iad fada a' cluinntinn mu dheidhinn.

Bha e fhèin agus an Conastapal MacDhòmhnaill a' cur stad air a h-uile car aig drochaid na Dòrnaidh, agus a' faighinn fios bho chàraichean poilis eile — fear à Inbhir Nis agus fear eile às a' Ghearasdan — a bha a' dèanamh air Loch Aillse. Chaidh e gu rèidio a' chàir a-rithist.

"E — Edward gu F — Foxtrot. Thigibh a-staigh. A-null."

"F — Foxtrot gu E — Edward. Thigibh a-staigh. A-null."

"Hello, F — Foxtrot. Chan fhaca sibh sgeul orra fhathast, am faca? A-null."

"Chan fhaca. Tha sinn a-nis ann an Gleann Seile. Cha bhi sinn fada. A-null."

"Roger. Chì sinn sibh a dh'aithghearr. A-null agus a-mach."

Nuair a dh'innis bean an t-Sàirdseint dhaibh gu robh dà chàr a' dol aig astar thairis air drochaid na Dòrnaidh cha robh iad ro chinnteach dè bu chiall dha. Am b' ann leis na h-eucoraich a bha an dà chàr, agus iad dìreach ann an cabhaig faighinn air falbh bhon àite far an do rinn iad cron, no an ann le daoine eile a bha an càr geal, agus càr nan eucorach às a dhèidh? A bharrachd air sin, cha robh fios aca cia mheud dhe na h-eucoraich a bha ann, no cia mheud càr a bha aca, agus cha bu mhotha bha fios aca an e a dhol air adhart a rinn iad, no an do thill iad.

Cha robh dad cinnteach, ach rud a bha neònach 's e gun deachaidh, mar gum biodh, an dà chàr à sealladh. Nam biodh iad air dèanamh air Inbhir Nis no an Gearasdan bhiodh iad air coinneachadh ri càraichean a' phoilis — ach chan fhaca iadsan dad agus bha a-nis uair a thìde on fhuair iad fios bho bhean an t-Sàirdseant, agus fhathast cha robh sgeul air na càraichean. Bha iad a' tòiseachadh a' tighinn chun a' cho-dhùnaidh gum b' ann am falach a chaidh iad — ach càite?

"Dè mu dheidhinn rathad Ghleann Eilge?" arsa MacDhòmhnaill, ach cha robh e a' coimhead ro dhòchasach.

Bha an rathad a' bristeadh dheth gu Gleann Eilge eadar Inbhir Ionaid agus Gleann Seile. Dh'fhaodadh gun deachaidh iad am falach air an rathad sin.

Ach bha an Sàirdseant a' smaoineachadh gu robh e eu-coltach. Bhiodh fios math aig na Sìonaich gu robh an rathad sin a' crìochnachadh aig Caol Reatha no, nan deigheadh iad na b' fhaide na Gleann Eilge, aig Arnasdal.

Rinn e dragh dhaibh gu robh taigh MhicAoidh air a bhith falamh. An robh na h-eucoraich air an teaghlach uile a thoirt leotha anns a' chàr, agus ma bha, càit an robh iad air an toirt? Cha robh an Sàirdseant uabhasach toilichte le a bhean nach d'fhuair i a-mach barrachd bho Dhòmhnall Iain òg MacAoidh nuair a bha e air a' fòn. Cha robh e air guth a ràdh mu cò bha còmhla ris anns an taigh.

Na bu tràithe bha sàirdseant agus Poileasman às an Ath Leathann air tighinn. Cha robh duine aca a' tuigsinn dè bha Sìonaich a' dèanamh ann an Loch Aillse, a' leòn agus a' losgadh ghunnaichean air a chèile.

Dh'aontaich iad gun deigheadh iadsan timcheall nan taighean anns an Dòrnaidh a dh'fhaighneachd am faca duine sealladh dhe na càraichean. B' e oidhche fhliuch a bha air a bhith ann agus cha robh mòran dhaoine a-muigh air na sràidean, ach b' fhiach faighneachd.

Bha an Sàirdseant MacLeòid agus an Conastapal air a bhith còrr agus uair a thìde air an drochaid an uair a thàinig càr poilis à Inbhir Nis le ceathrar phoileas na bhroinn. Bha dithis aca le gunnaichean agus seacaidean dìon. Goirid an dèidh sin thàinig càr le poileas a' Ghearasdain. Cha robh aon seach aon air nì sam bith amharasach fhaicinn.

B' e sgrùdaire lorg-phoileas a bha ann an aon de phoilis Inbhir Nis, Leòdhasach dreachail na mheadhan aois. Ghabh esan air fhèin uallach na tòrachd.

Dh'innis e dhaibh gu robh e air stad-rathaid a chur suas far an robh an crois-rathaid dhan Ghearasdan. Chuireadh sin stad air na h-eucoraich nam biodh iad air falach air frith-rathad — mar rathad Ghleann Eilge — agus an uair sin air feuchainn chun an rathaid mhòir a-rithist.

Chuir e dragh airsan, mar a chuir e air poileas a' Chaoil, gu robh taigh MhicAoidh falamh. An e teicheadh a rinn an teaghlach no an robh iad ann an èiginn na bu mhiosa na sin?

Chunnaic iad poilis an Atha Leathainn a' tighinn anns a' chàr aca ann an cabhaig. Bha naidheachd dhòchasach aca. Chaidh car geal fhaicinn air taobh eile an locha bhon Dòirnidh agus e a' dol aig astar air an rathad gu Salachaidh. Bha an duine a chunnaic e a' smaoineachadh gur e Granada a bha ann, ged nach robh e cinnteach. Bha rathad Shalachaidh a' tighinn gu crìoch aig Cill Fhaolain ged a bha frith-rathad a' dol cho fada ris a' Chàrnaich. Mas e na h-eucoraich a bha anns a' Ghranada, cho-dhùin am poileas gu robh iad an dàrna cuid a' dol am falach, no gu robh àite-fasgaidh air choreigin aca a-mach rathad Shalachaidh.

Air an làimh eile dh'fhaodadh e bhith nach e na h-eucoraich a bha anns a' Ghranada idir, ach co-dhiù dh'fheumte dèanamh cinnteach. Dh'fhan poileas a' Ghearasdain air drochaid na Dòrnaidh a' stad nan càraichean agus chaidh poilis Inbhir Nis agus a' Chaoil a dh'fhaighinn a-mach mun chàr gheal.

# 10. An Glaic a' Khwen

B' e duine beag suarach a bha ann an Liang Wan. Shaoil le
Ailig gum b' e bu shuaraiche dhen chòignear Shìonach a bha
mun coinneamh, le a shùilean leth-dhùinte, cumhang, gun
fhaireachdainn. Thug e na chuimhne sùilean each-uisge,
gun truas, gun chuimhne, air a stiùireadh le fàileadh nàmhaid
a bha e a' faireachadh a bha an àiteigin air thoiseach air.
Duine a dhèanadh an nì a dheigheadh iarraidh air, a leanadh
òrdan, biodh e math no dona. 'S ann aigesan a bha an gunna.
Bha Li Pang, an ceannard, air a ghunna fhèin a chur na
phòcaid.

Chaidh an sianar aca a thoirt air ais dhan t-seòmar às an
tàinig iad, an seòmar-suidhe, am fear bu mhotha anns an
taigh. Chaidh Raonaid, agus i fhathast gun tighinn timcheall,
a tharraing a-staigh agus a chur na sìneadh ann an cathair
bhog. Bha Ailig ag iarraidh a dhol ga cuideachadh, ach cha
leigeadh iad leis. Chaidh e fhèin agus a Dòmhnall Iain,
Seonag, Dao agus Lih a chur nan seasamh ris a' bhalla agus
an àirneis a chur gu aon taobh gus an robh làr falamh eatarra
agus na h-eucoraich.

Bha Li Pang agus a chùlaibh ris an àite-teine agus e
a' coimhead orra gu dùr.

Bha mac-meanmainn Ailig a' dol gu dian. Smaoinich e
air filmean mun chogadh a chunnaic e — mar a chuireadh
iad eas-aontaich ris a' bhalla mus robh iad a' dol gam
marbhadh. Mar a bha an sgioba leis na gunnaichean air am
beulaibh agus mar a bha iad a' tuiteam gun sgread.

Smaoinich e air a' bhalla uaine air an cùlaibh, fliuch le
fuil, agus smaoinich e air athair agus a mhàthair. Am
faiceadh e gu bràth tuilleadh iad? Cha b' urrainn dha a
chreidsinn gu robh iad anns an t-suidheachadh anns an robh

iad ann an ùine cho goirid. Mar a bha an saoghal air a dhol bun-os-cionn. Na bu tràithe air an oidhche bha iad nan suidhe ann an cofhartachd agus iad a' dol a choimhead air film, a-nise bha iad anns a' ghàbhadh a b' eagalaiche anns an robh iad a-riamh.

Am b' e droch aisling a bha ann? Dh'fheuch e ri e fhèin a dhùsgadh, ach cha do dh'atharraich càil. Thug e sùil air a bhràthair agus Seonag. Bha ise agus a sùilean mòr agus iomagaineach agus deòir annta. Thug sin breab dha chridhe. Bha i air a bhith cho cruaidh gu ruige seo. Tharraing e a shùilean air falbh. Thug e leum às. Thòisich Li Pang ag èigheach agus e a' crathadh a làmhan.

"Carson a rinn sibh e? Carson a thug sibh fasgadh do nàimhdean na stàite?" Agus chomharraich e Dao agus Lih, a bha nan seasamh ri taobh a chèile pìos beag bhon triùir.

Cha do fhreagair duine aca.

Lean e air. "Tha fhios agaibh, no 's dòcha nach eil fhios agaibh, gur ann à Sìona a tha sinne, agus gu robh an dithis sin dhan tug sibh fasgadh a' dol an aghaidh nan laghan againn. Bha iad ag iarraidh saltairt air ar riaghaltas agus air ar dùthaich."

Cha tubhairt duine guth. Bha e a' geur-amharc orra, a shùilean dorcha a' dol bho dhuine gu duine. Thàinig e a-nall gu Dòmhnall Iain.

"Freagair mi," ghlaodh e agus thug e a bhois dha air an lethcheann.

Tharraing Dòmhnall Iain a cheann air ais. Bha fhios aige gun tigeadh air rudeigin a ràdh.

"Bha sinn aig an taigh a' coimhead air bhidio nuair a thàinig an duine leònte bha seo chun an dorais. Chan fhaca sinn riamh roimhe e, agus leig sinn a-staigh e."

"Agus dè rinn sibh an uair sin?" dh'fheòraich Li.

"Chuir sinn dhan leabaidh e," fhreagair Ailig.

Thionndaidh Li air. "Chan eil mi a' faighneachd dhìotsa.

Tha mi a' bruidhinn ris a' ghille seo," thuirt e gu geur.

Bha Raonaid a-nis air dùsgadh. Nuair a chunnaic i dè bha tachairt thòisich i a' caoineadh.

"Peng. Li. Thoir air falbh i," dh'òrdaich Li Pang.

Rug dithis dhe a luchd-leanmhainn oirre. Ghluais Ailig airson a cuideachadh. Thàinig Liang nas fhaisge air agus e ga chomharrachadh leis a' ghunna. Dh'fhuirich e far an robh e agus thug iad Raonaid a-mach agus i fhathast a' gal. Bha Ailig a' faireachdainn duilich air a son ach cha robh dad ann a b' urrainn dha a dhèanamh.

Thug Poo Ken agus Wang Li Raonaid a-staigh do sheòmar-leapa air cùl an taighe agus thug iad oirre suidhe air an leabaidh. Bha i air chrith leis an eagal. 'S e Poo aon dhen fheadhainn a chunnaic i a' toirt a' chuirp a-mach às a' chàr. Cha bu toigh leatha idir e, le shùilean cruaidhe dorcha, agus bha i cinnteach gum b' e aon dhen fheadhainn a rinn am murt. Bha i cinnteach gun robh iad a' dol gam murt-san cuideachd. 'S e sin gu h-àraidh a bha a' cur an eagail oirre. Smaoinich i le uabhas gum biodh e nàdarrach dhaibh am murt, oir bha fios aca air cus.

Cha robh leithid de dh'eagal aice ron bhoireannach, Wang. 'S ann a bha e a' cur iongnadh oirre gu robh tè a bha a' coimhead cho sìobhalta an sàs ann an obair cho borb. Rinn ise soighne ris an duine an rùm fhàgail. Shuidh i air an leabaidh ri a taobh agus chuir i a làmh mu a gualainn. "Na biodh eagal ort," thuirt i ann an guth còir. "Cha leig mise dhaibh dad a dhèanamh ort."

"Tha sibh a' dol gar marbhadh, nach eil?" arsa Raonaid gu h-amharasach.

"Carson a dhèanadh sinn sin?" arsa Wang agus i a' cumail a sùilean air falbh bhuaipe.

"Tha fhios againn air cus. Tha fhios againn gun do mharbh sibh Gan Lo," fhreagair Raonaid.

"Ach dè 'm feum a th' ann sibhse a mharbhadh? 'S ann

a dhèanadh sin cùisean nas miosa dhuinn. Agus 's e mearachd a rinn Ken agus Wan nuair a mharbh iad Gan Lo. Tha an ceannard againn, Li Pang, uabhasach fiadhaich riutha. Bha e a' ciallachadh gum beireadh sinn air an triùir eas-aontach agus gun toireadh sinn air ais gu Sìona iad."

Bha Raonaid sàmhach airson mionaid. An uair sin thuirt i, "Carson a tha sibh ris an obair seo co-dhiù? Carson nach leig sibh le daoine a bhith beò agus an rud a thogras iad a dhèanamh?"

Dh'èirich Wang bhon leabaidh agus chaidh i a-null chun na h-uinneig. Sheas i le a cùl ri Raonaid. Chitheadh i an loch shìos foidhpe agus an t-adhar gruamach, glas os a chionn. Chaidh a smaointean air ais gu a dùthaich fhèin. Cho eadar-dhealaichte agus a bha e an sin. Ciamar a mhìnicheadh i dhan nighean òg seo cho tur eadar-dhealaichte agus a bha an dùthaich aicese? Chan e a-mhàin eachdraidh agus dòigh-beatha, agus gu robh an dùthaich àrsaidh sin, Sìona, nas cudromaiche na aon duine sam bith.

Chunnaic i gluasad am measg nan craobh shìos bhon taigh. Bha i a' smaoineachadh gur e duine le maide no gunna a bh' ann. Dh'fhosgail i an uinneag agus chuir i a ceann a-mach airson sealladh na b' fheàrr fhaighinn, ach chan fhaiceadh i càil. Feumaidh gur e a mac-meanmainn a bh' ann.

Thionndaidh i air ais ri Raonaid. Thug i an aire gu robh crith anns an nighean òg fhathast agus gu robh a sùilean dearg. 'S e nighean bhòidheach a bha innte agus bha a' cheist a chuir i oirre a' dèanamh dragh dhi.

"Carson nach leig sinn le daoine a bhith beò agus an rud a thogras iad a dhèanamh? Carson a tha sinn ris an obair seo? 'S e ceistean doirbh a tha thu a' cur orm, ach na smaoinich gur e boireannach dona a th' annamsa idir." Cha robh i ag iarraidh innse gum b' e an t-adhbhar bu mhotha a thug oirre a bhith anns a' Khwen gu robh an lad aice, Zhou Peng, an sàs ann.  Shuidh i air ais ri taobh Raonaid.

"Dè tha thu a' dèanamh?  Dè an obair a th' agad?"

"Tha mi anns an sgoil ach tha mi 'n dòchas a dhol gu colaisde, Sabhal Mòr Ostaig, a dhèanamh cùrsa anns na meadhanan."

"Nuair a bha mise d' aois-sa bha mi anns an Oilthigh ann am Beijing agus mi a' cur nan dearbh cheistean sin orm fhìn. 'Carson nach urrainn duine dèanamh mar a thogras e?' thuirt mi rium fhìn.  Agus 's e seo am freagairt a bh' agamsa: ma leigeas sinn do dhuine dèanamh mar a thogras e, bidh e a' saltairt air còraichean dhaoine eile, agus ma leigeas sinn le clas dèanamh mar a thogras iad bidh iad a' saltairt air clas eile.  Anns an dùthaich agad fhèin nach robh na h-uachdarain a' dèanamh tàir air na croitearan anns an naoidheamh linn deug?"

Chuir e iongantas air Raonaid mar a bha fios aig a' bhan-Shìonach seo air eachdraidh na Gaidhealtachd.  Thug e oirre sùil eile a thoirt oirre.  Smaoinich i nach e boireannach dona a bh' innte idir, agus gu robh i a' coimhead tuigseach le a glainneachan deàlrach airgeadach agus a sùilean beachdail.

"'S e aisling a th' ann," arsa Raonaid agus a sùilean air an làr.

"Ann an dè?" dh'fheòraich Wang.

"Gun urrainn siostam sam bith nàdar an duine atharrachadh, agus gun urrainn dha ceartas a thoirt dhuinn. Agus ma tha an siostam a' dèiligeadh ris a h-uile duine mar gum b' e figear a bhiodh ann, nach eil sin ceàrr, oir tha a h-uile duine eadar-dhealaichte.  Tha e a' toirt air falbh saorsa an duine."

Chuir a briathran stad air Wang.  Cha tuirt i guth airson mionaid.  Smaoinich i gur dòcha gu robh barrachd anns a' cheann òir a bha seo na bha i an toiseach am beachd.

Cha do leig Raonaid oirre nach robh i ach ag ath-aithris nam facal a thuirt Ailig rithe.  Bhiodh esan an còmhnaidh a' leughadh agus beachd aige air a h-uile cuspair fon ghrèin, ach gu h-àraidh air cùisean poilitigeach. Cha robh ann ach oidhche no dhà on bha iad a' bruidhinn air Co-mhaoineachd.

Rinn Wang snodha-gàire blàth rithe airson a' chiad uair. Cha robh Raonaid a' faireachdainn cho eagalach 's a bha i. Bha i a' smaoineachadh gur dòcha gum faigheadh iad às le am beatha an dèidh a h-uile càil.

"Tha d' fhacail a' cur iongnadh orm," thuirt Wang agus i a' coimhead oirre le spèis. "Ged a tha thu òg tha thu air faighinn gu cnag na cùise, agus 's e ceist a th' ann nach eil idir furasta a freagairt ged a tha mòran air feuchainn, Plato nam measg. 'S e sin — ciamar as urrainn an duine air leth, an duine 's dòcha a tha nas làidire na daoine eile, a shaorsa a bhith aige gun saltairt air saorsa dhaoine eile."

Choimhead Raonaid oirre le sùilean ionraic. Bha i duilich gu robh an còmhradh air a dhol an rathad a chaidh e. Mura robh fios aig Plato air freagairt na ceiste, ciamar a bhiodh fios aicese?

"Chan eil sìon a dh'fhios agam," thuirt i mu dheireadh.

Rinn Wang gàire. Phut i a glainneachan suas air a sròin. Chaidh i a-null chun na h-uinneig a-rithist agus sheas i le a cùl ri Raonaid a' coimhead a-mach. Chuir Raonaid a làmhan air a h-aodann. Bha i a' smaoineachadh air Ailig agus na prìosanaich eile.

... rèum an stàit a bhith ... e olc ann a tha ag iarraidh beartas ... ha fhios agaibh, no 's dòcha nach eil, air ... rach a rinn Sasainn, bhur dùthaich-se, air ... is an naoidheamh linn deug."

Bha eòlas math aig Li air eachdraidh Shìona agus mar a rinn na dùthchannan an Iar airgead o bhith a' biathadh sluagh Shìona le opium ann am meadhan na naoidheamh linn deug, agus mar a rinn Nèibhidh Bhreatainn murt agus marbhadh ann am bailtean mar Canton agus Tin-hai. Bha na thachair anns an linn sin a' cur nàimhdeas na chridhe do Bhreatainn.

"Ach thachair sin o chionn fada an t-saoghail," arsa Dòmhnall Iain.

Bha Ailig pròiseil às a bhràthair gun do bhruidhinn e a-mach. Bha e fhèin ag iarraidh argamaid ris an t-Sìonach ach bha eagal air guth a ràdh. B' fheàrr leis gum b' urrainn dha a ràdh ris an duine dhian seo cho gòrach agus a bha e fhèin agus a sheòrsa, nach b' e an coire-san a bha ann na nithean a thachair ann an Sìona o chionn fada, ach bha fhios aige nach tigeadh na facail a-mach. Ach bha a bhràthair air a ghuth a thogail.

eagalach air an fhear leis a' ghunna.
bho aodann, agus fad an t-siubhail bha e a' cumail sùil
thiodhlaic iad an Sìonach. Dh'fhairich e an fhuil a' traoghadh
seo gun tiodhlaiceadh am measg nan craobh far an do
... air a' bhana ... an cuairt? ... Chunnaic e na daoine olc

Bha Li fhathast a' ceasna

Thionndaidh e a-rithist
dhan leabaidh e. An e sin ui

Cha tuirt Dòmhnall Iain gu
innse gun deachaidh e a-mach c
thuirt e, "Dh'fheuch sinn ri fònad.
obair."

Bha Li a-nise a' coiseachd air a        air am
beulaibh, agus a mhalaidh preasach        gu robh e ag
iarraidh faighinn gu bun na cùise. Chomharraich e a
chompanaich.

"Nuair a thàinig iadsan chun an taigh agaibh cha robh
duine a-staigh. Cà robh sibh?"

Cha do fhreagair duine.

Thuirt Li ann an guth na b' àirde agus e a' coimhead air
an triùir aca, "Cà robh sibh?"

Thàinig am fear leis a' ghunna na b' fhaisge, 's e
a' maoidheadh orra.

B' e Seonag a fhreagair. "Bha sinn am falach ann am
preasa fon staidhre."

Cheadaich Li fiamh-ghàire thàireil dha fhèin airson
tiotan, agus an uair sin dh'fhàs aodann preasach a-rithist.

"Ma tha, bidh fios agaibh dè thachair," thuirt e ann an
guth searbh. "Agus 's dòcha gu bheil fios agaibh air cus."

Chuir na facail aige gaoir tromhpa. Thàinig na
h-ìomhaighean oillteil gu Ailig a-rithist. Chunnaic e an

an dithis Shìonach eile a-staigh nan ruith.

"Dè tha ceàrr?" dh'èigh Zhou Peng.

"Tha sinn air ar cuartachadh," ghlaodh Li gu mì-chreidmheach. "Chaidh ar brath."

Thionndaidh e air na prìosanaich.

"Laighibh sìos," dh'òrdaich e gu nimheil, agus e a' crathadh a' ghunna riutha. Laigh an còignear aca air an làr.

Thionndaidh e ri Liang agus Poo. "Rachadh sibhse chun a' chùil agus dìonaibh an taigh bhon chùl," dh'òrdaich e. Chaidh an dithis Shìonach a-mach.

"Taing do Dhia," thuirt iad uile riutha fhèin. "Tha am poileas air ar lorg mu dheireadh." Choimhead Ailig air a bhràthair agus Seonag. Bha grèim aig Dòmhnall Iain air làmh Seonaig agus e ga fàsgadh.

Nuair a chuala Wang an guth air a' mheagafon ruith i a-mach, a' fàgail Raonaid leatha fhèin anns an t-seòmar-leapa. An toiseach rinn Raonaid gàirdeachas ri guth a' phoilis. Thàinig na deòir gu a sùilean leis an toileachas, ach cha b' fhada gus an do dh'atharraich a tuar nuair a smaoinich i air an t-suidheachadh anns an robh iad. Bha iad a-nis nam braighdean agus cha robh nì cho cinnteach ris — gum biodh iad nan gèill aig na h-eucoraich. Bha i cinnteach nach cuireadh na Sìonaich iad fhèin ann an làmhan a' phoilis gun strì ri teicheadh, agus ma bha iad a-nis nan gèill bha iad ann an ceart uiread de chunnart, no ann an cunnart nas motha.

Smaoinich i air Siùsaidh, a piuthar bheag, nach robh ach deich bliadhna. Choimhead i air an uair. Bha e leth-uair an dèidh deich. Bhiodh i a-nis anns an leabaidh. B' àbhaist dhi a bhith a' dol dhan leabaidh aig deich agus bhiodh ise mar bu trice ag innse sgeulachd dhi mus deigheadh i a chadal. Saoil an robh i a-nis na cadal no an robh iad air cluinntinn mun ar-a-mach ann an Diùrainis?

Ma bha, bhiodh cadal gu math fada bhuaipe agus, an truaghag bheag, bhiodh i ann an staid uabhasach. Smaoinich i gu robh seansa math ann gum biodh fios aca gu robh rudeigin ceàrr. Bhiodh pàrantan Ailig air tilleadh dhachaigh agus nuair a chitheadh iad an doras cùil briste agus fuil air a' bhrat-ùrlair bhiodh fios aca gu robh rudeigin fada ceàrr. 'S e a' chiad nì a dhèanadh iad fònadh chun a' phoilis agus an uair sin dh'fhònadh iad gu a pàrantan agus gu pàrantan Seonaig anns an Ath Leathann.

Bhiodh a pàrantan fo iomagain mhòir, agus Siùsaidh cuideachd. Bha i ag ùrnaigh gum faigheadh i air ais thuca slàn sàbhailte. Bha i fhathast leatha fhèin agus bha an uinneag fosgailte. 'S dòcha gu robh còir aice teicheadh agus ruith gu fasgadh nan craobh. Ma bha poilis timcheall an taighe bheireadh iad dìon dhi nam faigheadh i thuca.

Smaoinich i air Ailig, agus bha i a' faireachdainn ciontach. Cha bhiodh e fèir nam faigheadh ise saor agus an fheadhainn eile fhàgail ann an glaic an nàmhaid. Bha cuideachd nàire oirre airson cho bog 's a bha i air a bhith. Bha i cinnteach nach biodh Ailig ag iarraidh falbh leatha tuilleadh às dèidh an òinseach a rinn i dhith fhèin.

Chluinneadh i guthan mùchte a' tighinn bhon t-seòmar-suidhe. Dh'èirich i bhon leabaidh agus chaidh i gu socair chun an dorais. Chuir i a cluas ris. Cha chluinneadh i càil ach na guthan mùchte, fad' air falbh. Rug i air làmh an dorais agus thionndaidh i i cho slaodach 's a b' urrainn dhi.

Cho-dhùin i gum feumadh i feuchainn ri teicheadh.

# 12. A' Maoidheadh Murt

Nuair a chunnaic na h-eucoraich gu robh an taigh air a chuartachadh leis a' phoileas, chaidh iad ann am breislich. Thug Li an dithis a bha a' dìon a' chùil a-staigh air ais agus thòisich iad a' deasbad nam measg fhèin mu dè bu chòir dhaibh a dhèanamh. Bha Li Pang agus an dithis a bha air Gan Lo a mhurt ag iarraidh na prìosanaich a ghabhail nam braighdean agus argamaid ris a' phoileas gus am faigheadh iad air teicheadh anns a' chàr aca gu port-adhair Inbhir Nis agus à sin a-mach às an dùthaich. Bha Wang Li, am boireannach òg, agus Zhou Peng a' smaoineachadh nach obraicheadh sin idir agus bha iadsan ag ràdh gu robh còir aca iad fhèin a chur ann an làmhan a' phoilis.

Bha fhios aig Li nach e nì furasta a bhiodh ann faighinn a-mach à Breatainn, nan gabhadh e dèanamh idir. Ach bha e ann an staing. Bha fhios aige gum faodadh iad am prìosan fhaighinn airson murt nan cuireadh iad iad fhèin ann an làmhan a' phoilis, agus 's dòcha bliadhnachan a chur seachad ann am prìosan ann am Breatainn. Air an làimh eile, nam faigheadh iad air teicheadh air ais gu Sìona air dòigh air choreigin cha bhiodh cùisean mòran na b' fheàrr.

Rinne a leithid de bhrochan den mhisean a chaidh earbsa ris 's gum biodh e na adhbhar-nàire agus maslaidh dha a dhol air ais. 'S ann a-nise bha e a' tuigsinn cho gòrach agus bha e a thighinn air tòir nan eas-aontach dhan Ghaidhealtachd. Chan e nach fhaodadh e a bhith air obrachadh, mura b' e gu robh a dhithis luchd-cuideachaidh air duine a mharbhadh, no nam biodh iad air grèim falchaidh fhaighinn air na h-eas-aontaich. Bha an caothach air ri Liang agus Poo airson cho leibideach agus a chaidh iad ris a' ghnothach.

Bha an argamaid a' dol eadar na h-eucoraich ach cha

robh na h-òganaich a' tuigsinn facal a chionn 's gum b' ann ann an Sìonais a bha iad a' bruidhinn. Mu dheireadh stad iad a dh'argamaid.

Bha Dao agus Lih nan laighe air an làr rin taobh agus dh'aithnich iad gu robh iad an-fhoiseil.

Thàinig Li a-nall agus dh'òrdaich e Seonag gu a casan. Bha an gunna aige na làimh. Fhad 's a bha e a' dèanamh sin bha am poileas fhathast a' glaodhaich riutha iad a thighinn a-mach le an làmhan anns an adhar.

"Tha thusa tighinn còmhla riumsa," arsa Li gu cruaidh.

Bha grèim aig Dòmhnall Iain fhathast air làimh oirre. "Càit a bheil sibh ga toirt?" ghlaodh e.

"Fuirich thusa far a bheil thu," thuirt Li gu cabhagach.

Thàinig Liang a-nall thuige agus thug e breab dha air a' ghualainn le bonn a bhròig. "Laigh far a bheil thu," dh'èigh e gu crosda agus e ga chomharrachadh leis a' ghunna.

Rug Li air cùl amhaich peitean Seonaig agus mhèarrs e i a-mach às an rum. Thug e a chun an dorais aghaidh i far am faiceadh am poileas i agus e ga cumail air a bheulaibh fad an t-siubhail mar dhìon dha fhèin. Bha Seonag air chrith leis an eagal agus gun fhios aice dè bha a' dol a thachairt. Bha poileas am falach mu cheud slat air falbh am measg nan craobh.

"Tha sianar phrìosanach againn. Tha sinn a' dol gam marbhadh aon as dèidh aon mura faigh sinn rathad saor gu port-adhair Inbhir Nis agus plèana às a sin gun Ear-mheadhanach — gu Iorag."

B' e MacIain, an lorg-phoileas à Inbhir Nis, a fhreagair e air a' mheagafon. "Gheibh sibh freagairt bhuainn ann an leth-uair a thìde," ghlaodh e. "Tha againn ri faighinn a-mach an gabh sin dèanamh."

"Mura gabh, tha na prìosanaich seo marbh," fhreagair Li agus chaidh e air ais dhan taigh an comhair a chùil agus e fhathast a' cumail a' ghunna ri ceann Seonaig.

Chuala na h-òganaich agus na h-eas-aontaich an còmhradh agus chuir e eagal orra. Choimhead Ailig ri bhràthair le uabhas. Chan e a-mhàin gu robh iad nam prìosanaich ach bha iad a-nise nam braighdean cuideachd. Smaoinich e air sèisdean a chunnaic e air telebhisean agus mar a bha uaireannan daoine air am marbhadh. Bha Seonag a-nise air ais còmhla riutha agus i bàn agus air chrith.

"Faodaidh sibh suidhe, ach fanaibh far a bheil sibh," arsa Li gu geur.

Shuidh Seonag ri taobh Dhòmhnaill Iain. Chuir esan a làmh mu a gualainn.

"Bidh sinn ceart gu leòr," thuirt e gu socair.

Dh'fhaisg i a làmh. "Tha mi an dòchas gum bi." Bha a guth fann.

"Ach Raonaid, saoil cà bheil i?" chagair Ailig. Bha iad uile agus an smaointean oirre. Feumaidh gun deachaidh a glasadh ann an rùm eile agus a fàgail.

"Sàmhach," dh'òrdaich Li, "chan fhaod sibh a bhith bruidhinn."

Bhruidhinn Li ris na Sìonaich eile. Dh'aontaich iad feitheamh gus am faiceadh iad dè chanadh am poileas. Las Li toitean agus shuidh e air gàirdean an t-sòfa. Dh'fhuirich an dithis eile nan seasamh. Bha Liang agus Poo air ais a' dìon cùl an taighe.

Bha fios aig a' phoileas gu robh gunna aig na h-eucoraich agus cha robh iad ag iarraidh beatha nam prìosanach a chur ann an cunnart. Smaoinich an Sgrùdaire MacIain gu robh còir aca sgioba proifeiseanta aig an robh eòlas air suidheachadh dhen t-seòrsa a ghairm.

Bha na poileasmain eile air aontachadh leis, agus a-nis bha sgioba de shaighdearan an SAS air an t-slighe le heileacoptair à Preastbhaig.

Choimhead an Sgrùdaire air an uair. "Tha còir gum bi iad

57

an seo ann am fichead mionaid," thuirt e ris an t-Sàirdseant MacLeòid.

Ghnog esan a cheann.

Bha e an dòchas gun tigeadh iad mus biodh an leth-uair a thuirt e ris na h-eucoraich suas. Mura biodh bha e an dòchas maill eile a chur orra airson cairteal na h-uarach co-dhiù.

Cha robh iad fada a' faighinn lorg air an taigh. Air dhaibh ceasnachadh bho thaigh gu taigh fhuair iad a-mach gu robh Sìonaich ann an aon taigh anns a' bhaile. Agus nuair a chunnaic iad an Sierra dearg am falach air cùl an taighe bha fhios aca gu robh iad aig an taigh cheart.

Bha a-nis poileasmain ceithir-thimcheall an taighe agus iad air cur romhpa nach deigheadh beatha aon dhe na braighdean a chall nam biodh e idir nan comas.

Bha Raonaid aig an uinneig agus i a' dol a dhìreadh a-mach an uair a chuala i Li Pang ag èigheach ris a' phoileas. Stad i. Chuir na facail aige eagal oirre ach dhaingnich iad cuideachd an fhaireachdainn a bh' aice mu thràth.

Bha iad nam braighdean agus nan gèill agus bha na Sìonaich a' dol gam marbhadh nan tigeadh a' chùis cruaidh orra. Cha robh brìgh anns a' ghealladh a thug Wang dhi nuair a thuirt i, "Cha leig mise dhaibh dad a dhèanamh ort." Thuig i nach robh i ach a' feuchainn ri a cofhartachadh, agus nach robh ùghdarras sam bith aice. 'S e an Sìonach bu shine, Li, a bha a' riaghladh dè thachradh. Bha e a-nis na bu riatanaiche buileach gum feuchadh i ri teicheadh.

Cha robh fasgadh nan craobh ach mu dhà cheud slat air falbh agus bha i cinnteach gum faca i poileas a' gluasad nam measg. Cha robh aice ach ruith cho luath agus a b' urrainn dhi gu fasgadh nan craobh, agus bhiodh i sàbhailte. Bha guth air cùl a h-inntinn ag ràdha rithe nach robh còir aice teicheadh, gu robh i a' fàgail a caraidean air a cùlaibh, agus bha guth eile ag ràdh rithe gu robh e ro chunnartach.

Dè nam faiceadh na Sìonaich i agus gun loisgeadh iad oirre?

Chaidh i chun an dorais a-rithist agus thug i sùil fhalchaidh a-mach. Cha robh duine ri fhaicinn. Mhùch i na guthan a bha ag ràdha rithe gu robh i gòrach a leithid fheuchainn agus chaidh i chun na h-uinneig. Dh'fhosgail i i cho fada agus a dheigheadh i agus thòisich i a' dìreadh a-mach. Bha i na laighe air an t-sòla nuair a dh'fhosgail an doras gu h-obann agus thàinig Liang a-staigh agus gunna aige na làimh. Ruith e a-null thuice. Thilg ise a casan a-mach gun talamh ach rug e air a falt agus thòisich e ga tarraing a-staigh air ais. Dh'fheuch i ri tarraing air falbh bhuaithe ach bha grèim cruaidh aige oirre. An ath rud dh'fhairich i buille air cùl a cinn agus chaill i a mothachadh.

Tharraing Liang a-staigh i agus thilg e air an leabaidh i. Chaidh e chun na h-uinneig agus dhùin e i. Thug e sùil mhùgach an taobh a bha Raonaid, a cheann air tuiteam gu aon taobh, agus sheas e air cùl a' chùirteir a' dìdearachd a-mach. Bha e an dòchas nach tigeadh Wang Li. Cha bhiodh ise idir toilichte gun do bhuail e an nighean òg. Ach thuirt e ris fhèin nach robh an còrr ann a b' urrainn dha a bhith air a dhèanamh.

# 13. Saorsa agus Dìoghaltas

Dh'fhairich na braighdean gach mionaid a' dol seachad mar shìorraidheachd. Cha robh fios aca dè bha san amharc aig a' phoileas. Bha fios aca gum faodadh sèisd mairtinn airson ùine mhòir agus gum faodadh na h-eucoraich a bhith a' barganachadh ris a' phoileas gus am faigheadh iad na bha iad ag iarraidh. Cha robh teagamh nach robh biadh agus deoch gu leòr aca airson làithean co-dhiù. Cha b' urrainn barganachadh air sin.

Bha Ailig a' faireachdainn tùrsach agus bha fhios aige gu robh a bhràthair agus Seonag agus an dithis Shìonach cuideachd a' faireachdainn brònach mun chùis. Dh'èireadh Li bho ghàirdean na cathrach bho àm gu àm agus bheireadh e caog-shùil a-mach air an uinneig. Fad an t-siubhail bha an gunna aige na làimh.

Saoil, nan tigeadh e gu a h-aon 's a dhà, an dèanadh e an rud a mhaoidh e agus am marbhadh e iad? Cha robh Ailig cinnteach, agus 's e a mhì-chinnt an rud bu mhiosa buileach. Cha robh e ag iarraidh bàsachadh. Bha e ro òg.

Smaoinich e air na planachan mòra a bha aige. Mar a bha e ag iarraidh a dhol dhan oilthigh agus coinneachadh ann an sin ri nigheanan brèagha tuigseach agus 's dòcha pòsadh aon latha. 'S ged nach robh e cinnteach dè an obair a bha e ag iarraidh a dhèanamh, bhiodh e uaireannan a' smaoineachadh gum bu thoigh leis a bhith na dhotair no na bheat. A-nise bha na h-aislingean sin uile ann an cunnart.

Smaoinich e cuideachd air na h-argamaidean a bhiodh eadar e fhèin agus a bhràthair agus mhionnaich e nam faigheadh iad às a' ghàbhadh anns an robh iad nach biodh an leithid ann tuilleadh. Bha a bhràthair air a bhith fada na bu chruaidhe na esan agus bha sin ga dhèanamh cho pròiseil às.

Bha Li a' fàs ubhasach an-fhoiseil, 's e a'coimhead air

uaireadair bho mhionaid gu mionaid. Thàinig e a-nall gu Seonag a-rithist.

"Eirich," thuirt e gu cruaidh.

Dh'èirich i gu h-ain-deoineach.

"Greas ort," dhranndanaich an Sìonach.

Thòisich Dòmhnall Iain a' dol a dh'èirigh ach thug Li breab dha agus smèid e an gunna ris. Choimhead Dòmhnall Iain air gu h-olc ach cha robh dad ann a b' urrainn dha a dhèanamh agus an gunna aig an fhear eile.

Bha gunna cuideachd aig aon dhe na h-eucoraich eile. Thàinig esan a-nall na b' fhaisge, a' maoidheadh.

Mhèarrs an ceannard Seonag a-mach às an t-seòmar a-rithist. Bha deòir na sùilean. Dh'fhairich Ailig an snaidhm na bhroilleach a' teannachadh.

An ceann greiseig chuala iad Li ag èigheach ris a' phoileas a-rithist ach cha dèanadh iad a-mach dè bha e ag ràdha. An uair seo bha e air falbh na b' fhaide. An uair a thàinig e air ais agus grèim aige air Seonag bha stùirc uabhasach air.

"Cairteal na h-uarach eile," thuirt e ri chompanaich.

An donas, an donas na sad, smaoinich Ailig, agus bith aige dhan t-Sìonach. A' cur nighean cho brèagha gasda tron dòrainn tron robh e ga cur. Carson ise a-rithist? Carson nach tug e esan leis no cuideigin eile?

Thilg Li i air an làr ri taobh Dhòmhnaill Iain. Chuir esan a làmh mu a gualainn ga cofhartachadh.

Chaidh Li air ais gu an-fhois, a' suidhe, a' coiseachd, a' coimhead air uaireadair.

Chaidh Ailig agus an ceathrar eile air ais gu an sàmhachd agus gu an smaointean muladach.

Cha robh sùil aca ris na bha dol a thachairt. Thachair e cho aithghearr agus gun tàinig e orra mar mhaoim-slèibhe. Bhrist an uinneag na bloighean agus an uair sin bragan uabhasach, bragan agus ceò. Cha b' urrainn dhaibh anail a tharraing agus chaidh iad ann an neul.

Dh'fhairich Ailig cuideigin ga thilgeil gu aon taobh an aghaidh a' bhalla. Chuala e urchair agus an uair sin urchair eile. Bha daoine ag èigheach ri chèile ann an Sìonais.

Nuair a thog a' cheò beagan bha a shùilean a' sruthadh agus cha mhòr gum b' urrainn dha anail a tharraing, ach chunnaic e gu robh còignear no sianar fhear anns an rùm ann an aodach dubh agus cidhisean orra.

Bha iad air na Sìonaich a chur an grèim. Bha Li na shìneadh gun smid air an làr agus dithis dhe na fir nan seasamh thairis air agus feadhainn eile os cionn an dithis eile. Iad air am beul fodha air an làr agus glùinean cruaidh nan druim.

Thàinig fear dhe na saighdearan a-staigh air an doras.

"Tha iad againn," thuirt e mar gum b' e obair-latha eile a bha ann dha.

"Ach tha fear aca marbh."

Thàinig e a-nall far an robh na h-òganaich. "A bheil sibh ceart gu leòr?" dh'fheòraich e.

Cha b' urrainn duine aca bruidhinn.

"Trobhaidibh," thuirt e, "tha feum agaibh air èadhar." Chuidich e iad a-mach às an rùm agus chun an dorais aghaidh.

Cha robh iad riamh cho toilichte solas an latha fhaicinn. Cha robh sgeul air Raonaid.

"Raonaid. Tha nighean eile ann," ars Ailig ris an duine agus e fhathast tachdte leis a' cheò.

"Tha ise sàbhailte," ars an saighdear, "ach bidh feum aice air dotair. Dìreach an t-eagal," thuirt e an uair sin.

"Taing do Dhia," ars Ailig fo anail, agus cha robh riamh a leithid de dhùrachd air cùl nam facal.

Sheas iad uile a-muigh anns an uisge agus poileasmain a' tighinn bho gach taobh a' dèanamh air an taigh. Thug Ailig an aire gu robh Seonag agus Dòmhnall Iain ann an glaic a chèile. Bha deòir ann an sùilean a bhràthar, rud nach fhaca e riamh roimhe. Chaidh e a-null agus chuir e a làmh air a ghualainn.

"Tha mi pròiseil asaibh," thuirt e agus na facail gan tachdadh na amhaich, agus cha b' urrainn dha an còrr a ràdha.

Thàinig fir na h-ambaileans a-mach agus Raonaid aca air sìneadair.

Chaidh e a-null thuice. Bha i air tighinn timcheall ged a bha i bàn agus troimhe-cheile. Rug e air a làimh agus thug e fàsgadh dhi.

Rinn i gàire fhann air ais ris.

"Tha mi 'n dòchas gum bi thu ceart gu leòr," thuirt e. "'S math gu bheil thu beò."

Choimhead i air falbh bhuaithe. Cha robh e cinnteach carson. An e nach robh i gu math no am b' e ...?

Bheireadh e greis mus biodh e cinnteach mu fhaireachdainnean dhi. Cha robh e cinnteach ach às aon rud — nach b' urrainn dhaibh tuilleadh a bhith a' ciallachadh an aon rud dha chèile.

"Trobhaideadh sibhse," thuirt an Sàirdseant MacLeòid ann an guth socair. "Tha an ambaileans a' feitheamh ribh."

"Cò chaidh a mharbhadh?" dh'fheòraich Ailig.

"Tha fear Liang Wan, tha mi smaoineachadh," ars an Sàirdseant.

'S dòcha nach robh an saoghal buileach cho ceàrr agus a shaoileadh, smaoinich Ailig.

'S dòcha nach robh.

Choisich an còignear aca gu slaodach gu ruige an ambaileans. Bha an gàbhadh a thàinig gun iarraidh seachad.